SHERLOCK HOLMES CRIMINAL BIBLIOTHEK

Band 5

In dieser Reihe bereits erschienen:

Band 1	Michael Hardwick	Der Fluch von Baskerville
Band 2	Roman Sander (Hrsg.)	Holmes und der Kannibale
Band 3	Michael & Mollie Hardwick	Holmes und die Spionin
Band 4	Alisha Bionda (Hrsg.)	Das Geheimnis des Geigers
Band 5	J.J. Preyer	Holmes und die Freimaurer

J.J. Preyer

Holmes und die Freimaurer

Nach den Charakteren
Sherlock Holmes und Dr. John H. Watson
von Sir Arthur Conan Doyle

BLITZ

BLITZ-Bücher werden nach der alten Rechtschreibung gesetzt.
Wir verwenden ausschließlich umweltfreundliches Papier.

Redaktion: Jörg Kaegelmann
Covergestaltung: Mark Freier (www.freierstein.de)
Innenillustration: Andreas Gerdes (www.grafikdesign-gerdes.de)
Fachberatung: Dr. Klaus-Peter Walter
Lektorat: TTT, Mallorca
Satz: Mark Freier, München
Druck und Bindung: Drogowiec, Polen

www.BLITZ-Verlag.de
ISBN 3-89840-215-0

INHALT

PROLOG

Wer keine Kinder hat, schreibt Bücher, heißt es.

Möglich. Dieses Buch jedenfalls soll ein Vermächtnis sein, eine Erinnerung an den großen Detektiv Sherlock Holmes, der so etwas wie ein Vater für mich geworden ist, und an Dr. John Watson, den ich wegen seiner gutmütig-herzlichen Art als einen lieben Onkel betrachte.

Es ist Winter, drei Jahre nach dem zweiten großen Krieg. Ich sitze im Fairmount Hotel in Sussex und schaue von jenem Zimmer, das Sherlock Holmes in den letzten Jahrzehnten seines Lebens bewohnte, auf das Meer. Ich habe alles so belassen, wie es war. Nur so konnte ich die Stimmen und die Gemütsverfassung wachrufen, um dieses Buch zu schreiben.

Die früheren Gäste des Hotels und die noch unzerstörte Natur des Sussex von damals wurden für mich in den Stunden des Schreibens wieder lebendig. Und natürlich Sherlock Holmes und Doktor Watson.

Ich habe keinen Versuch gemacht, die Art und Weise, wie John Watson seine Berichte schrieb, nachzuahmen. Dies ist mein Buch, meine Sicht der Dinge, mein Dank an Holmes und Watson.

Kapitel 1

Frühling in Sussex

Mühsam schob Mona ihr schweres Herrenfahrrad mit dem Weidenkorb bergauf und nahm den Weg durch den Devil's Dyke, in dem ein Weizenfeld ihres Vaters lag. Die Hügel, die das Tal umgaben, schützten es gegen den rauhen Wind des Meeres und begünstigten somit den Anbau von Zuchtgetreide.

Der Weizen des heurigen Jahres war schon kräftig gewachsen und leuchtete silbern. Das beunruhigte sie. Noch nie hatte sie ein Feld in dieser ungewöhnlichen Farbe gesehen, doch hoffte sie, das Licht der Abendsonne wäre die Ursache der Verfärbung.

Mona legte das Fahrrad an den Wegesrand und untersuchte eine der Pflanzen. Die Ähre war mit einem pelzigen, weißen Belag überzogen, ihre Körner waren verformt. Voll Sorge, das Feld könne von einer ihr bisher unbekannten Pflanzenkrankheit befallen sein, riß sie einige Ähren von den Halmen, um sie ihrem Vater zu zeigen.

Glücklicherweise lag das Tal so, daß eine Übertragung der Krankheit auf die anderen Felder nicht unmittelbar zu befürchten war.

In Gedanken versunken schob Mona Hatfield das Rad den Hügel hinauf, bis sie nach einer halben Stunde die Farm erreichte.

Ihr Vater hatte ein Schaf geschlachtet. Das Tier, das er mit einem Stich in die Halsschlagader getötet hatte, lag auf dem Rücken im Hof der Farm. Mit einem einzigen Schnitt öffnete er den Bauch, fing in einem Bottich das Blut auf und entnahm die Innereien.

Mona, die bei den Schlachtungen nie zusah, weil ihr die Tiere leid taten, brachte auf dem Herd Wasser zum Kochen und bereitete starken, dunklen Tee zu. Auf groben Tellern servierte sie Köstlichkeiten, die sie von ihrem Arbeitsplatz, dem Fairmount Hotel, mitgebracht hatte: Fleischpastete und als Dessert mit Erdbeermarmelade gefülltes Hefegebäck. Mona durfte Speisen, die beim Mittagessen und beim High Tea im Hotel übrigblieben, am Abend mit auf die Farm nehmen. So mußte sie nach dem schweren Arbeitstag als Zimmermädchen und Servierhilfe wenigstens nicht mehr für sich und den Vater kochen. Aus dem Gemüsegarten, der mit einem Holzzaun gegen das Eindringen der Hühner geschützt war, holte sie noch etwas Salat dazu.

Der Vater hatte die Arbeit unterbrochen, war polternd in die Stube gekommen und legte die Gummischürze ab. Er gab seiner Tochter einen Kuß auf die Wange und setzte sich zu Tisch. Donald Hatfield war ein kleiner, sehniger Mann um die Fünfzig, der wegen seiner noch vollen Haare und der Bartstoppeln düster wirkte.

Nach einem kurzen Gebet begannen die Hatfields ihr Mahl.

„Das Getreide gedeiht hervorragend, obwohl es in letzter Zeit so trocken war“, sagte Mr. Hatfield. „Wenn nichts Unvorhergesehenes passiert, könnte es eine gute Ernte geben.“

„Hoffentlich“, meinte Mona. „Das wäre wichtig für uns.“ Dann fuhr sie fort: „Übrigens, ich bin heute, weil es so schön war, durch den Dyke gegangen…“

Überrascht und mißtrauisch sah der Vater sie an. Mona spürte, daß etwas nicht stimmte. Er räusperte sich, als ob er etwas sagen wollte, aß dann aber schweigend weiter.

„Das Weizenfeld macht mir Sorgen. Das Getreide ist von einer Krankheit befallen“, ließ Mona nicht locker und legte eine der Ähren, die sie abgerissen hatte, auf den Tisch.

Donald Hatfield schaute die Körner nicht einmal an und brummte mißmutig: „Du kümmerst dich um deine Arbeit im Hotel, ich mich um die Felder. Ich will nicht, daß du dich in meine Belange einmischst.“

Dann erhob er sich vom Tisch, obwohl er kaum etwas gegessen hatte, und verließ den Raum. Das Auswaschen der Schafdärme, die er zur Wursterzeugung benötigte, das weitere Zerlegen des Tierkörpers und das Einsalzen und Räuchern beschäftigten ihn bis nach Mitternacht, so daß Mona ihn nicht mehr zu Gesicht bekam.

Obwohl sie wie immer von der Arbeit erschöpft war, konnte sie an diesem Abend lange nicht einschlafen. Zu sehr beschäftigte es sie, was es mit den silbernen Ähren im Devil's Dyke auf sich hatte und in welchen Schwierigkeiten sich ihr Vater befand. Sie wollte ihm helfen!

Da fiel ihr ein, daß sich einer der Dauergäste im Fairmount Hotel im Kabinett seines Apartments eine Art Labor eingerichtet hatte, in dem sie nur einmal in der Woche und unter strenger Aufsicht des Besitzers saubermachen durfte. Sie würde am Morgen etwas früher aufstehen, wieder den Weg durch den Dyke nehmen und dem großen, älteren Herrn mit dem strengen Blick einige Kornähren zur Untersuchung bringen.

Bei diesem Gedanken schlief Mona endlich ein.

Am nächsten Morgen heizte sie den Herd an und deckte den Frühstückstisch. Von ihrem Vater, der um diese Zeit gewöhnlich bei den Hühnern war und Eier holte, war an diesem Tag nichts zu sehen und nichts zu hören. Also aß sie ihr Frühstück allein und räumte nur ihr Geschirr weg. Aus dem Herd schaufelte sie einige Stücke glühende Holzkohle in das Bügeleisen, mit dem sie noch schnell eine weiße Bluse glättete. Auch den dunklen Rock plättete sie. Sie mußte ordentlich aussehen, darauf legte die Hotelbesitzerin großen Wert.

Bergab konnte Mona das Fahrrad laufen lassen. Eine blaue Strickjacke schützte sie gegen den kühlen Fahrtwind, und sie hatte das vom Seewind zerzauste, kornblonde Haar mit einer hellblauen Schleife zu einem Pferdeschwanz gebunden.

Die Morgensonne tauchte die Hügel der Sussex Downs in freundliches Licht, das die Blüten des Weißdorns im hellgrünen Laub leuchten ließ. In die dichten Sträucher flogen emsig Spatzen, Rotkehlchen und Amseln – mit Insekten und Würmern in ihren Schnäbeln. Im glitzernden Wasser des Channels lag die Yacht *Acacia* vor Anker. Mona konnte die Goldlettern auf dem Rumpf des Schoners erkennen. Drei weitere Schiffe bildeten seine Begleitung. Wie oft hatte sich Mona in den letzten beiden Jahren weit weg von diesem kargen Land und der ermüdenden Arbeit auf ein Segelschiff und in ferne Länder gewünscht. Wenn aber die Downs bei gutem Wetter so paradiesisch schön wie an diesem Tag waren, war sie froh, zu Hause zu sein.

Die Ähren des silbernen Weizenfeldes im Devil's Dyke waren von einer Schicht Tau bedeckt. Mona war froh, als die in freundlichem Orange gehaltenen Steinmauern des Fairmount Hotels in der Ferne auftauchten. Das stattliche, zweistöckige Gebäude aus dem letzten Jahrhundert stand auf der Klippe zum Meer und bot von der verglasten Terrasse eine großartige Aussicht auf den Channel.

In der Küche des Hotels wurde sie von Elizabeth Bromham, der Eigentümerin des Hauses, auf eine wärmende Tasse Tee eingeladen. Dann begann mit dem Servieren des Frühstücks Monas Arbeitstag. Ganz nach den Wünschen der Gäste wurden die Gedecke entweder in die verglaste Veranda oder auf die Zimmer gebracht. Mona trug einen makellosen, kurzen schwarzen Rock mit weißer Schürze und eine leuchtend weiße Bluse – die Bekleidung, die dem Personal zur Verfügung gestellt wurde.

Der Dauergast, der sich das Laboratorium eingerichtet hatte, nahm sein Frühstück gewöhnlich in seinem Apartment ein.

Mona Hatfield klopfte. Als der hochgewachsene schlanke Herr im seidenen Morgenmantel die Tür öffnete, stellte sie das Tablett mit dem Frühstück auf den kleinen Tisch am Fenster.

„Du hast nicht gut geschlafen, Mona", meinte der Mann besorgt.

„Ja, leider. Aber wie kommen Sie darauf?"

„Die Färbung deiner Haut ist nicht so rosig und gesund wie üblich. Und das trotz des sonnigen Wetters."

„Ich vergesse immer wieder, daß Sie Detektiv sind."

„Ich *war* Detektiv, Mona. Das ist Vergangenheit."

„Aber Sie müssen mir bitte helfen. Ich mache mir große Sorgen, Mister Holmes!" Das Mädchen entnahm einer Schürzentasche das Bündel Ähren, das sie in weißes Tuch gehüllt hatte. „Eines unserer Felder ist mit diesem silbernen Film überzogen und mein Vater weigert sich, darüber zu reden."

Sherlock Holmes betrachtete eine der Kornähren, nahm dann eine Lupe zur Hand und wiegte den Kopf. „Interessant, interessant", murmelte er nach einer Weile.

„Bitte, untersuchen Sie das Getreide in Ihrem Labor. Ich möchte wissen, ob es etwas Gefährliches ist."

„Und du sagst, daß ein ganzes Getreidefeld so aussieht wie diese Ähren?" wollte Sherlock Holmes wissen.

„Ja, Mister Holmes, das Feld leuchtet wie Silber."

„Die silbernen Gräser", murmelte Holmes nachdenklich.

„Gräser?" fragte das Mädchen. „Es handelt sich um ein Getreidefeld."

„Natürlich", korrigierte er sich. „Es erinnerte mich an etwas."

Dann versprach er Mona, seine Untersuchungen bis zum Feierabend des Mädchens – am späten Nachmittag – abgeschlossen zu haben.

„Guten Appetit“, wünschte Mona. Sherlock Holmes bedankte sich und setzte sich an den Tisch. Er öffnete die *Times*, die ihm das Mädchen gebracht hatte. Es war, weil das Hotel so weit entfernt von London lag, die Ausgabe des Vortages. Dennoch schätzte es Holmes, beim Frühstück in der Zeitung zu blättern. Die Wettervorhersage vom Vortag stimmte. Es war ein kühler, trockener Morgen, und der Tag sollte sonnig werden.

Seit sich Sherlock Holmes vor zwei Jahren, mit fünfundsechzig, endgültig ins Privatleben zurückgezogen hatte, lebte er zu seiner großen Zufriedenheit in diesem Hotel in Sussex. Zum ersten Mal in seinem Leben begann er das Landleben und die Natur zu schätzen. Er genoß die wechselnden Wetterlagen und Stimmungen am Meer und die Möglichkeit zu ausgedehnten Spaziergängen. Die Ruhe und das gute Essen, dem er reichlich und mit Genuß zusprach, hatten dazu beigetragen, daß der hagere Mann an Gewicht zulegte, was ihn jünger und gesünder aussehen ließ.

Die Wohnung in London, in der Baker Street 221b, hatte er behalten, nutzte sie aber nur bei seinen seltenen Besuchen in der Hauptstadt. Er wollte fortan fern vom Trubel der Großstadt leben.

Im Fairmount Hotel hatte er seinerzeit gespeist, als er die Ermittlungen im Falle des Vampirs von Sussex abgeschlossen hatte. Eine groteske Geschichte, in der ein eifersüchtiger fünfzehnjähriger Knabe die zweite Frau seines Vaters und deren Baby mit Pfeilgift töten wollte. Die Mutter saugte dem Kleinkind das Gift aus der Halswunde und wurde des Vampirismus verdächtigt. Ein Fall, den Watson treulich aufgezeichnet hatte.

Auch das Ende seiner Tätigkeit als beratender Detektiv behagte Holmes. Die großen, faszinierenden Fälle schienen nicht mehr zu existieren, und alles, was mit Liebschaften, Täuschung und Ehebruch zu tun hatte, widerte ihn an. Er war froh, nichts mehr damit zu tun zu haben, obwohl er, und das mußte er eingestehen, während er ein Stück gebutterten Toast in den Mund schob, fast froh war, daß ihm Mona mit der Bitte, die Kornähren zu untersuchen, endlich einen Vorwand gegeben hatte, seine chemischen Versuche wieder aufzunehmen. Er hatte es sich schön vorgestellt, endlich in Ruhe seinen Forschungen nachgehen zu können. Aber Experimente ohne Sinn und Zweck waren auf die Dauer langweilig.

Obwohl Holmes am liebsten sofort mit der Untersuchung begonnen hätte, ließ er sich nicht von seiner täglichen Routine abbringen, und die bestand in einem ausgedehnten Spaziergang mit Mr. Holding, dem ehemaligen Journalisten der Londoner *Times*, der mit seiner Frau ebenfalls im Hotel residierte.

An schönen Tagen wie diesem, bei nur mäßigem Wind, nahmen sie gewöhnlich den Weg über die Klippen, mit Panoramablick auf das Meer. So diskutierten die beiden Männer auch an diesem Morgen interessante Neuigkeiten, während Anthony J. Holding die Reste seines Frühstücks an gierige Möwen verfütterte.

Die Sonne wurde vom Wasser so stark reflektiert, daß Mr. Holding seine rechte Hand zum Schutz gegen das Licht heben mußte, um die vier Schiffe in der Bucht erkennen zu können.

„Die Yacht“, wußte der weißhaarige Journalist zu berichten „gehört einem Amerikaner.“

„Mr. Ratcliffe aus Boston, einem erfolgreichen Geschäftsmann“, ergänzte Holmes.

„Woher wissen Sie das schon wieder?“ wollte der Journalist, etwas in seiner beruflichen Eitelkeit gekränkt, wissen.

„Er pflegt an manchen Abenden im Hotel zu speisen, wenn er des kulinarischen Einerleis auf dem Schiff überdrüssig ist. Und da hatte ich das Vergnügen…“

„Sie müssen mich dem Mann vorstellen“, bat der Journalist.

„Selbstredend, lieber Holding."

Nach der Wanderung betrat Sherlock Holmes die Terrasse des Hotels, wickelte sich in eine dicke Decke, legte sich in seinen Liegestuhl und genoß den wärmenden Sonnenschein.

Als er von seinem Nickerchen erwachte, war es Zeit, ein leichtes Mahl einzunehmen. Mona Hatfield, die servierte, lächelte er aufmunternd zu.

Die Hausgäste hatten Tische am großen Panoramafenster zum Meer. Sherlock Holmes grüßte den Journalisten und seine Frau. Der kahlköpfige Colonel Jack Barkham, der seine eher weiblich anmutenden Bewegungen vergeblich durch einen besonders zackigen Gang und eine bemüht tiefe Stimme auszugleichen versuchte, marschierte auf seinen kleinen Tisch zu. So wie Holmes und der Colonel wohnte auch der Maler Walter Sickert allein im Hotel. Er war ein etwa sechzigjähriger Mann mit einem leichten deutschen Akzent und hatte sich nach dem Tod seiner Frau hierher zurückgezogen und wohnte nun, weil er es sich leisten konnte, im Frühjahr und Sommer im Hotel. Den Herbst und Winter verbrachte er in London, um Ausstellungen zu organisieren. Schließlich wollte er seine Bilder verkaufen. Gemälde, die Holmes zu denken gaben. Die meisten seiner großflächigen, ungemein wirkungsvollen Ölbilder gestaltete – oder, um seine eigenen Worte zu gebrauchen – „inszenierte" Walter Sickert nach Skizzen. Zeichnete meist Szenen aus Music Halls und zweideutigen Etablissements. Er schreckte auch nicht davor zurück, nach Zeitungsfotos zu arbeiten, welche die übel zugerichteten Opfer von Jack the Ripper abbildeten und war deshalb schon von Scotland Yard vernommen worden, hatte aber offenbar zufriedenstellende Erklärungen abgeben können.

Dennoch blieb Sherlock Holmes mißtrauisch.

Nach dem leichten Mittagsmahl mit Käseomelette, grünem Salat, Erdbeeren mit frischer Sahne und dem unvermeidlichen Tee zog sich Holmes auf seine Zimmer zurück.

Sorgfältig bereitete er auf Glasplättchen mehrere Präparate für das Mikroskop vor, darunter Querschnitte durch die Getreidekörner und Abstriche des silbernen Belages der Ähren. Als nächstes suchte er in seiner Ausgabe der *Encyclopaedia Britannica* der Jahre 1910/11 nach dem Stichwort „Getreidekrankheiten".

Es war ihm klar, daß es sich bei der pelzig-silbrigen Schicht auf den Ähren um Pilzbefall handeln mußte. Die Frage war, welcher Pilz und welche Gefahren mit seinem Auftreten verbunden waren.

In der Enzyklopädie fand er schließlich eine Abbildung des Fusariumpilzes, die dem Aussehen seiner Präparate exakt entsprach.

„Fusarium-Befall", las er, „kann in Getreide zur Bildung von Mykotoxinen (Pilzgiften) führen, die eine Gefahr für Mensch und Tier darstellen. Der Fusarium-Pilz ist ein Bodenpilz und neben anderen Mikroorganismen für den Abbau von Pflanzenresten verantwortlich. Eine Infektion des Getreides mit dem Fusarium-Pilz, die durch Pilzsporen über den Ackerboden erfolgt, führt zu dem charakteristischen Ährenbefall, bei dem einzelne Ähren ausbleichen und manchmal ein silberner Sporenbelag erkennbar ist. Meist vertrocknen die Ähren oberhalb der befallenen Stelle, es wird dort nur Schmachtkorn gebildet, das weitgehend frei von Toxin bleibt. Unterhalb der befallenen Stelle können normal große Körner heranreifen, die aber mit Gift belastet sind. Besonders stark befallene Körner sind heller (silbrig) und werden runzelig verformt (eingedellt)."

Holmes beschloß, Mona am Abend auf seinem Heimweg zur Farm zu begleiten, um sich selbst einen Eindruck zu verschaffen. Er war beunruhigt. Mona hatte etwas entdeckt, das für die Landwirtschaft der Gegend, womöglich für das gesamte Königreich, gefährlich werden konnte. Getrocknete Pilzsporen, die vom Wind auf andere Felder getragen wurden, konnten zu einer Ausbreitung der Krankheit und letztlich zu einer Katastrophe führen.

Kapitel 2

Baker Street

Die Mainachmittagssonne tauchte das Weizenfeld in einen metallischen Glanz.

Sherlock Holmes war beeindruckt und sagte an Mona gewandt: „Das Getreide ist verseucht. Beachtlich, wie radikal sich der Pilzbefall ausgebreitet hat. Ich bin sehr beunruhigt."

„Was soll ich tun?" fragte Mona Hatfield. „Könnten Sie mit meinem Vater darüber reden? Er weicht mir aus, sobald ich auf dieses Thema komme."

Aufmunternd lächelte Holmes das junge Mädchen an: „Ich werde mit ihm reden, natürlich, Mona, aber vorher ist noch einiges zu klären."

„Wenn wir Saatgetreide für das nächste Jahr zukaufen müßten, wäre das der Ruin für die Farm. Das könnten wir uns nicht leisten."

„Es steckt mehr dahinter, als es den Anschein hat", vermutete Holmes. „Ich werde nach London fahren und mich im Landwirtschaftsministerium umhören. Wenn der Befall des Feldes natürliche Ursachen hat, muß dieses Problem auch anderswo im Königreich auftreten."

Holmes bemerkte eine leichte Bewegung im dichten Strauchwerk am Rande des Getreidefeldes, konnte aber nicht erkennen, ob sich ein Tier oder ein Mensch in den Büschen verbarg. Die tiefstehende Sonne blendete ihn.

„Achte auf dich, Mona. Die Sache ist ernst. Wir sehen uns gegen Ende der Woche wieder. Ich fahre am frühen Morgen nach London."

„Ich paß schon auf mich auf. Und auf meinen Vater. Danke, daß Sie sich der Sache annehmen, Mister Holmes."

Das Wetter war umgeschlagen, als sich Sherlock Holmes früh am nächsten Morgen vom Kutscher des Hotels nach Yapton bringen ließ. Von dort nahm er einen Hansom in das etwa vierzig Meilen entfernte Tunbrigde Wells. Überzieher und Baskenmütze waren an diesem kühlen, nassen Morgen unerläßlich. Das zum Pferd hin offene Cab bot keinen wirklichen Schutz gegen Zugluft und Feuchtigkeit.

Der Detektiv hatte sich entschlossen, nicht den Zug von Brighton nach London Victoria zu nehmen, sondern per Pferdefuhrwerk einen Abstecher nach Tunbridge Wells zu machen, wo er seinen alten Freund und Biographen Dr. Watson aufsuchen wollte.

Die Fahrt über anfangs holprige, dann immer besser werdende Straßen dauerte an die drei Stunden, und Holmes war erleichtert, als er das unbequeme Fahrzeug verlassen konnte.

Watson hatte sich im Zentrum des Kurortes in der Nähe der Pantiles niedergelassen. Dort sprudelte auch die eisenhaltige Quelle, wegen der viele wohlhabende Londoner nach Tunbridge Wells pilgerten. Obwohl Watson mittlerweile die Siebzig überschritten hatte, war er noch als Arzt tätig, aber nur mehr für ausgesuchte Klienten. Nächtliche Krankenbesuche vermied er. Er hatte in seinem Berufsleben genug verdient, um nun ein ruhigeres Leben genießen zu können.

Holmes drückte den Messingknopf der Türglocke mehrere Male, bis ihm geöffnet wurde. Elsa, die dritte Frau Watsons, erkannte ihn sofort und zwitscherte los, ohne auch nur einmal

Luft zu schöpfen: „Mr. Holmes, was für eine Überraschung. Ein Glück, daß John zu Hause ist. Er hat sich nach dem Mittagessen eine Stunde hingelegt. Ich werde ihn wecken. Sie sind sicher hungrig. Kommen Sie doch herein!"

Mrs. Watson führte Holmes in das geräumige Wohnzimmer, und bald darauf stand nach fast einem Jahr wieder sein alter Freund Watson vor ihm. Etwas zerknittert vom Mittagsschlaf, sonst aber ganz der Alte.

„Holmes, das ist eine Überraschung. Warum haben Sie nicht geschrieben, wir hätten…"

„Überraschungen sind meine Spezialität, sie offenbaren die Wahrheit", entgegnete Holmes.

„Und wie sieht sie aus, die Wahrheit über mich und Elsa?"

„Mir präsentiert sich", Holmes lächelte, „ein Bild vollkommener Eintracht. Der Herr des Hauses schlummert nach einem köstlichen Mahl, die Dame des Hauses wohl auch, aber sie ist schneller wieder gesellschaftsfähig. Alle finanziellen Angelegenheiten sind bestens geregelt. Es bietet sich ein untadeliges Bild von Wohlstand und Ruhe."

„Darauf wäre auch ich gekommen, Holmes. Ehrlich."

„Sie waren schon immer mein bester Schüler."

„Einen Sherry?" fragte der Doktor.

„Dem wäre ich nicht abgeneigt. Aber nur, wenn wir Mrs. Watson überreden können, sich uns anzuschließen."

„Gern. Ich bin in einer Minute hier, wir bereiten einige Sandwiches zu", rief Watsons Frau aus der Küche.

Schließlich prosteten sie einander zu. Die junge Haushaltshilfe stellte ein silbernes Tablett mit kleinen dreieckigen Sandwiches, die mit Sardinen, Tomaten und hauchdünn geschnittenen Gurken belegt waren, auf den makellos weißen Überwurf des Eichentischs in der Mitte des Salons. Von der Decke des Zimmers hingen Kristallüster, die trotz der Helligkeit des Maitages beleuchtet waren und, von der Sonne beschienen, in allen Regenbogenfarben schillerten.

Eine Terrassentür führte in den parkähnlichen Garten, in dem eine schwarzweiß gefleckte Katze majestätisch auf- und abschritt und scheinbar gelangweilt den Spatzen bei ihrem munteren Treiben zusah.

„Wie war die Reise?“ erkundigte sich Mrs. Watson.

„Danke der Nachfrage. Ich habe sie überlebt.“

„Was führt Sie in unsere Gegend, Holmes?“ fragte Watson.

„Ein Fall.“

„Ach, Sie sind wieder aktiv?“

„Ein Hausmädchen aus meinem Hotel“, erklärte Holmes, „wandte sich in einer hochinteressanten Angelegenheit an mich, und ich möchte in Whitehall erkunden, was dahinter steckt. Mein Bruder Mycroft wird mir hoffentlich den Weg ebnen.“

„Davon müssen Sie erzählen. Das heißt, ich würde Sie viel lieber begleiten. Ich vermisse unsere Zeit in der Baker Street. Und etwas Abwechslung tut gut.“

Auch Mrs. Watson war der Meinung, daß ihr Gatte durchaus abkömmlich war. Sie redete ihm zu, mit Holmes nach London zu fahren.

„Wenn wir den Nachmittagszug nehmen, kommen wir gegen acht Uhr in der Baker Street an. Ich werde Miss Lomax telefonisch verständigen, daß sie die Räumlichkeiten vorbereitet. Und ein Abendessen könnte auch nicht schaden.“

Etwas amüsiert und mit fachmännischem Blick betrachtete der Doktor seinen alten Freund. „Sie haben zugenommen, lieber Holmes. Landluft tut den Menschen gut. Wie ich aus eigener Erfahrung weiß.“ Dabei tätschelte er selbstzufrieden seinen Bauch.

„Landluft und Eheleben, Watson. Ein weiterer Grund, warum ich Junggeselle geblieben bin.“

Die dicke Katze aus dem Garten starrte schon seit einiger Zeit neugierig durch die Terrassentür auf Holmes und die Watsons. Mit ihrer rechten Pfote tippte sie nun mehrmals sanft gegen die Glasscheibe, bis Mrs. Watson öffnete. „Rebecca, Liebling“, begrüßte sie die Katzendame, die auf den Tisch zusteuerte.

„Sie liebt Sardinenbrötchen“, erklärte John Watson seinem Gast und fütterte das Tier vom Tisch.

„Sie ist unser ein und alles!“ Mrs. Watson lächelte etwas verlegen und schloß einen mehr als ausführlichen Bericht über sämtliche Eigenheiten Rebeccas an.

Eine Droschke brachte Holmes und Watson zum Bahnhof, und nach weniger als einer Stunde Zugfahrt erreichten sie Charing Cross Station. Holmes erzählte im Cab, das sie in die Baker Street 221B transportierte, von dem silbern glänzenden Weizenfeld in den Sussex Downs.

„Dahinter liegt vielleicht ein gefährlicher verbrecherischer Plan, der die Welt erschüttern könnte“, erklärte der Detektiv. „Wir müssen herausfinden, was genau dahintersteckt, um die Ausführung dieses Verbrechens vereiteln zu können, mein lieber Watson.“

Durch die vertraute Anrede fühlte sich Watson in alte Zeiten zurückversetzt. Er war fast glücklich, in die Pläne und Absichten seines Freundes eingeschlossen zu werden.

Miss Lomax begrüßte sie an der weit geöffneten Tür. „Was für eine Freude, Sie wiederzusehen, meine Herren.“

Helen Lomax bewohnte mit einem Freund das Erdgeschoß des Hauses, das sie von ihrer inzwischen verstorbenen Tante, Mrs. Hudson, geerbt hatte. Holmes zahlte fürstlich für die

Miete der Räumlichkeiten im ersten und zweiten Stockwerk, die er in letzter Zeit aber nur ein- bis zweimal im Jahr frequentiert hatte.

Miss Lomax trug ein dunkelgraues Kostüm, dessen einfacher, aber raffinierter Schnitt auf einen guten Schneider schließen ließ. Sie wirkte städtisch-elegant. Die gesunde Gesichtsfarbe verriet aber einen Menschen ländlicher Herkunft, der es liebte, viel Zeit im Freien zu verbringen. Finanziell und persönlich schien es Helen Lomax gut zu gehen, sie wirkte rundum zufrieden.

Holmes unterließ es, hierüber mit Watson zu sprechen. Die Zeit, in der er imponieren wollte, war vorüber. Er war älter, weiser und leiser geworden.

Am Fenster, mit der Aussicht auf die Baker Street in Sherlock Holmes' Arbeitszimmer im ersten Stock, hatte Miss Lomax den Tisch gedeckt und fragte, ob sie das Abendessen servieren dürfe.

Das Feuer im offenen Kamin trug zu der angenehmen Atmosphäre bei. Es gab indisches Huhn mit Wildreis und leichtem Weißwein. Zum Dessert servierte Miss Lomax frische Erdbeeren.

Zufrieden zogen sich die beiden Herren nach einem Glas Brandy in ihre Schlafräume zurück.

Wie ihre Tante verstand sich auch Miss Lomax auf die Zubereitung eines echt schottischen Frühstücks. Holmes langte wieder kräftig zu. Besonderen Genuß bereitete ihm, daß er am Morgen endlich wieder eine druckfrische Ausgabe der *Times* lesen konnte.

Während Watson am Vormittag einige Einkäufe erledigen

wollte, nahm der Detektiv telefonisch Kontakt zu seinem nunmehr vierundsiebzigjährigen Bruder Mycroft auf, der zwar nicht mehr für die Londoner Regierung tätig war, aber noch wichtige Kontakte zu offiziellen Kreisen aufrecht hielt.

Sie verabredeten sich auf einen Sherry im Besucherzimmer des Diogenes Clubs, den Mycroft mitgegründet hatte. Dort herrschte ja immer noch Sprechverbot – dies immerhin hatte sich in der Zwischenzeit nicht geändert.

Mycroft Holmes war ein kräftiger, untersetzt wirkender Mann, an dessen Leibesfülle man das gute Leben, das er führte, ermessen konnte. Ächzend erhob er sich aus dem weichen Fauteuil und umarmte seinen Bruder.

„Du siehst aus wie immer“, sagte er.

„Ist das ein Lob oder eine Beleidigung?“ fragte Holmes und stellte fest: „Du hast größere gesundheitliche Probleme?“

„Und du hast recht – wie immer. Aber noch lebe ich.“

Die Brüder nahmen dankend den Sherry, den ihnen ein Butler servierte.

„Wünschen die Herren Tee und Sandwiches?“ fragte dieser noch.

Als Holmes mehrmals nickte, stellte sein Bruder lächelnd fest: „Du hast eindeutig zugenommen. Aber es steht dir gut.“

Holmes war froh, das Thema wechseln zu können. Ihm war bewußt, daß seine Figur nicht mehr der seiner Glanzzeit entsprach. Auch der Verzicht auf die aufputschende Substanz Kokain war ein Grund für seinen gesteigerten Appetit.

Also kam er zur Sache: „Mir macht ein Weizenfeld in den Downs Sorgen. Die Getreideähren sind mit einem weißen Pilz überzogen. Vermutlich handelt es sich um keine zufällige Erscheinung. Das Feld wurde mit Absicht verseucht. Ich möchte mich mit jemandem aus Whitehall über die Angelegenheit unterhalten. Mit jemandem, der weiß, ob der Pilz auch in weiteren Teilen des Landes auftritt – oder auch in anderen Ländern. Es ist wichtig, zu erfahren, was sich auf diesem Gebiet national und international abspielt."

„Der geeignete Mann dafür wäre Lord Grosvenor im Landwirtschaftsministerium", meinte Mycroft Holmes. „Er müßte Kenntnis über die Ernteerträge in England und über die Einfuhr von Getreide haben. Ich werde ihn in deinem Namen um einen Termin für ein Gespräch bitten."

Mit diesen Worten verließ Mycroft vorübergehend den Raum, um telefonisch Kontakt mit dem Lord aufzunehmen.

Holmes nahm ein Taxi nach Whitehall, das fünf Minuten vor dem vereinbarten Termin an dem klassizistischen Gebäudekomplex hielt, in dem das Landwirtschaftsministerium untergebracht war. Da Sherlock Holmes Wert auf Pünktlichkeit legte, eilte er auf direktem Wege zu dem Portier des Gebäudes, um seine Ankunft melden zu lassen – als er eine ihm sehr vertraute Gestalt die Treppen hinauftänzeln sah. Es war der kahlköpfige Colonel Barkham aus dem Fairmount Hotel, der wieder einmal seinen militärischen Schritt vergessen hatte. Überrascht blickte ihm Holmes nach, entschied sich aber, ihn nicht anzusprechen; er würde im Hotel genug Gelegenheit finden, mit ihm über seine Fahrt nach London zu reden.

Der Portier teilte Holmes mit, daß ihn Lord Grosvenor in seinem Büro im zweiten Stockwerk des Gebäudes erwarte.

„Mein lieber Holmes, welche Ehre, Sie persönlich kennenzulernen. Ihr Bruder hat so viel von Ihnen erzählt", begrüßte ihn der Mann hinter dem wuchtigen Schreibtisch.

Lord James Grosvenor mochte um die fünfzig Jahre alt sein. Das etwas schüttere Haar lag so eng an seinem Kopf an, daß dieser einem Ei ähnelte, dem ein frecher Junge einen breiten Schnurrbart aufgemalt hatte.

Auf Holmes' Frage nach Schwierigkeiten in der britischen Landwirtschaft hielt der Lord einen Vortrag über die vielfältigen Probleme, mit denen sich England nach dem großen Krieg konfrontiert sah.

„Im Krieg und direkt danach“, erklärte er, „war es einfach, die Menschen von der Bedeutung einer gut funktionierenden Landwirtschaft zu überzeugen. Man hatte erkannt, wie wichtig es war, daß sich das Land effizient selbst versorgen kann. Aber nun sieht die Lage anders aus. Die Liberalen haben keine gute Hand im Umgang mit unseren Bauern. Die Wirtschaft benötigt dringend Arbeitsplätze, Tausende Soldaten drängen zurück auf den Arbeitsmarkt. Aber man läßt für das Goldene Kalb ‚freie Marktwirtschaft' die Landwirtschaft den Bach hinuntergehen, öffnet den Markt für billige Produkte aus den USA und…“ Durch das ernste Thema des Gesprächs nervös geworden, versicherte sich der Lord des perfekten Sitzes seiner Haare, indem er mit der rechten Hand über den Kopf strich.

Ein kleiner Junge, der sich durch Streicheln für seine gescheite Rede belohnt, dachte Holmes und unterbrach ihn: „Woher, Lord Grosvenor, beziehen die englischen Farmen das Saatgetreide?“

Bevor dieser antworten konnte, klopfte es an der gepolsterten Tür zu seinem Arbeitszimmer. Eine strahlende junge Frau betrat das Zimmer und stellte ein Tablett mit einer Teekanne, Tassen, Milch und Zucker auf ein Tischchen bei der dunklen Ledersitzgruppe am offenen Kamin. „Die Sandwiches kommen in einer Minute“, kündigte sie noch an.

Lange noch blickten die beiden Männer auf die bereits geschlossene Tür, bis sich Holmes räusperte.

„Was genau wollen Sie wissen, Mister Holmes?“

„Das Saatgetreide. Woher kommt das Saatgetreide für unsere Felder?“ wiederholte der Detektiv seine Frage.

„Traditionell züchten die Bauern ihr eigenes Getreide. Sorten, die sich besonders bewähren, werden untereinander ausgetauscht und für Saatzwecke angebaut und vermehrt. Aber auch hier stehen wir am Anfang einer bedenklichen Entwicklung. Von großen amerikanischen Firmen kommen Züchtungen, die widerstandsfähiger gegen Wind und Regen sind. Neuartige Stickstoffdünger ermöglichen eine unvorstellbare Steigerung des Ertrages. Wir werden abhängig vom Ausland. Es gibt schon Hybridgetreide auf dem Markt, das nur einmal ausgesät und geerntet werden kann. Die Körner sind für die weitere Aussaat nicht geeignet, da sie unfruchtbar sind. Man muß immer wieder Saatgut zukaufen.“

„Das habe ich befürchtet“, sagte Sherlock Holmes. „Man kann sich ausmalen, was es bedeutet, wenn ein Land in seiner Nahrungsmittelversorgung abhängig wird. Wenn die Leute hungern, kann der, der ihnen Brot verschafft, das Land auch politisch beherrschen.“

„So ist es“, bestätigte der Lord, „aber die Gefahr, daß es dazu kommt, ist nicht sehr groß.“

„Davon bin ich nicht überzeugt“, hielt ihm Sherlock Holmes entgegen, aber seine Rede ging im zweiten Auftritt von Miss Manson unter, die Teller mit Sandwiches hereinbrachte.

„Frisch und knackig“, meinte sie lächelnd.

„Da ist etwas Wahres dran“, stimmte ihr Lord Grosvenor zu, und es war nicht ganz klar, ob er damit nur die belegten Brote meinte.

Als die beiden Männer in den Fauteuils am Kamin Platz nahmen, bemerkte der Detektiv: „Sie sind zu beneiden.“

„Wie meinen Sie, Mister Holmes?“ fragte der Lord zerstreut.

„Die Sandwiches. Köstlich“, erwiderte Holmes, entfernte

vorsichtig die Eischeibe, die ihm auf seine dunkle Hose gefallen war und schob sie in den Mund.

Wenig später verabschiedete sich Sherlock Holmes. Als er soeben das Gebäude verlassen wollte, schritt Colonel Barkham die Treppen hinunter.

„Colonel, was machen Sie denn hier?“ rief er ihm nach.

„Dieselbe Frage könnte ich auch Ihnen stellen“, sagte Mr. Barkham und marschierte festen Schrittes aus dem Ministerium.

Als Holmes zum Lunch zurück in die Baker Street kam, überreichte ihm Miss Lomax ein Telegramm, das ein Bote vor einer halben Stunde abgegeben hatte.

Es stammte von Mrs. Bromham vom Fairmount Hotel.

„Rückkehr dringend erbeten – Mona verschwunden.“

Kapitel 3

Das Verschwinden der silbernen Ähren

Mrs. Bromham lief Holmes aufgeregt entgegen: „Mona ist gestern und heute nicht zur Arbeit erschienen. Ich habe meinen Mann zur Farm geschickt, aber dort ist alles verlassen. Die Türen und Fenster sind verschlossen, die Hühner laufen im Freien herum. Auch Mr. Hatfield ist verschwunden. Gut, daß Sie so schnell kommen konnten. Wir machen uns schreckliche Sorgen."

„Die Sorgen sind berechtigt", meinte Holmes. „Ich werde mich sofort selbst zur Farm begeben."

Sherlock Holmes marschierte den Pfad entlang zur Farm, auf dem er erst vor zwei Tagen Mona begleitet hatte. Kalter Wind wehte vom Meer und trieb immer wieder dichte Regenwolken ins Land. Erst im geschützten Tal des Devil's Dyke verebbten die ärgsten Windböen.

Wie Holmes erwartet hatte, war der Weizen mit den silbernen Ähren verschwunden. Man hatte das Getreide abgeschnitten und den Acker umgepflügt. Tiefe Spuren von Pferden und einem Fuhrwerk wiesen in Richtung Meer. Es war klar, daß die Leute, die das Feld verseucht hatten, einiges zu verbergen hatten. Der Detektiv mußte Mona unverzüglich finden, ansonsten war es zu spät.

Sobald Holmes den Devil's Dyke verlassen hatte, zerrte der feuchte Meereswind wieder unerbittlich an seinem Tweed-Paletot.

Die Farm fand er verlassen vor. Aus dem Umstand, daß die Gebäude versperrt und die Hühner freigelassen worden waren, schloß er, daß der Farmer selbst oder jemand anderer mit bäuerlichem Wissen tätig gewesen war.

Mit einem Metallhaken öffnete Holmes die Tür zum Wohngebäude ohne größere Mühe, dann sah er sich in der Stube und in den Schlafräumen um. Alles war ordentlich aufgeräumt, sogar das Frühstücksgeschirr war abgewaschen und zum Trocknen aufgestellt worden.

Holmes, der von seiner Reise müde und vom Meerwind ausgekühlt war, konnte nicht widerstehen, das Papier im Küchenherd mit seinem Feuerzeug anzuzünden. Der Ofenlade entnahm er kleinere Holzstücke und schob sie in die Flammen. Wohlige Wärme breitete sich aus. Holmes schloß die Herdtür, nahm einen Stuhl, setzte sich an den Herd und nickte bald ein. Erst als es wieder kalt wurde, erwachte er, erhob sich und kehrte in das Hotel zurück.

Beim Betreten des Speisesaals erblickte Holmes Colonel Barkhams Schwester Dorothee, die sich wieder einmal am Tisch ihres Bruders breitmachte. Die Ähnlichkeit mit ihm war verblüffend, sah man einmal von der roten Haarfarbe ab. Ihre Art sich zu kleiden – man mochte fast von aufdonnern sprechen – verlieh ihr ein vulgäres Aussehen, zumal sie mehr Dekolleté zeigte, als ihrem Alter angemessen gewesen wäre. Barkham zeigte sich nie gemeinsam mit ihr, er schien noch nicht aus London zurückgekehrt zu sein. Wenn Dorothee nur flüsterte, zitterten im Umkreis von drei Schritten sämtliche Gläser. Einer der Gründe wohl, warum sie offenbar nie einen Ehemann gefunden hatte. Ihr Bruder schien ihr bereitwillig seine Zimmer zur Verfügung zu stellen.

Holmes hatte die merkwürdige Beziehung der Geschwister Barkham durchschaut, er wollte sich aber den anderen Bewohnern des Hotels gegenüber dazu nicht äußern.

Mr. Sickert unterhielt sich gerade mit Mr. Ratcliffe, dem Besitzer der Yacht *Acacia*. Der Amerikaner erregte Holmes' Aufmerksamkeit, weil er in seiner Gestik so überaus kontrolliert und in seinem Äußeren so ungewöhnlich gepflegt wirkte, daß sich Holmes an einen Schauspieler gemahnt fühlte.

Nach dem Verzehr einiger Blätterteigpasteten und Cremeschnitten verließen die beiden den Speiseraum.

Als der Detektiv sein Apartment aufsuchen wollte, sah er einen Bediensteten von Mr. Ratcliffe Bilder nach unten transportieren. Offenbar interessierte sich der wohlhabende Amerikaner für Sickerts Kunst.

„Moment", rief Holmes. „Warten Sie einen Moment!"

Er hatte auf einem der lebensgroßen Bilder etwas entdeckt, das ihn interessierte. Der Mann blieb stehen und ließ Holmes das Motiv betrachten. Das Bild war in dunklen, braunen Farbtönen gehalten und zeigte den Akt einer jungen Frau, die auf einer Couch lag. Zu ihrer Rechten, an der halb geöffneten Wohnungstür, stand drohend ein Mann, bei dem es sich offenbar um den Maler selbst handelte.

Das Beunruhigende für Holmes war die Tatsache, daß das Gesicht des Mädchens dem von Mona Hatfield ähnelte und nicht klar ersichtlich war, ob sie schlief oder tot war. Auf ihrem nackten Hals lag entweder eine rostfarbene Kette, oder der Maler wollte eine tiefe Schnittwunde darstellen. Es war auch möglich, überlegte der Detektiv, daß Sickert bewußt beide Möglichkeiten offen gelassen hatte.

„Mr. Holmes", rief Mr. Bromham in diesem Augenblick von der Eingangshalle, „jemand will Sie sprechen."

An der Rezeption stand ein tadellos gekleideter junger Mann, der sich als Luke Marker vorstellte.

„Was führt Sie zu mir, Mr. Marker?“

„Ich brauche Ihren Rat als Detektiv. Mona hat mir von Ihnen erzählt.“

„Mona Hatfield?“ erkundigte sich Holmes.

Der blonde Mann, dessen Alter er auf Grund seines frischen Aussehens und seiner jugendlichen Bewegungen auf fünfundzwanzig bis achtundzwanzig Jahre schätzte, nickte: „Wir sind verlobt. Ich arbeite im Ein- und Verkauf für die Mannings-Mühle in Horsham und lernte Mona auf einer Geschäftsreise kennen und lieben. Wir waren gestern verabredet, aber ich traf sie nicht an. Die Farm ist abgeschlossen, da fragte ich im Hotel nach und erfuhr, daß sie auch hier nicht erschienen war. Ich mache mir große Sorgen um sie. Und um ihren Vater, der auch nicht auf der Farm ist.“

„Haben Sie die Polizei verständigt?“ fragte Holmes.

„Noch nicht. Ich wollte zuerst mit Ihnen… Mona hat mir erzählt, daß Sie ein berühmter…“

„Auch der berühmte Pensionist hat noch keine Spur von Mona und ihrem Vater entdeckt. Ich denke, wir sollten sie als vermißt melden.“

Holmes fragte den Hotelbesitzer, der dem Gespräch der beiden Männer mit Interesse gefolgt war, ob er zur Polizeistation in Yapton mitkommen wolle. Mr. Bromham bat jedoch Holmes, die Sache für ihn zu erledigen.

„Wir haben seit Monas Verschwinden alle Hände voll zu tun.“

Marker war mit dem Automobil gekommen, einem für die Straßenverhältnisse in Sussex gefährlich fragil wirkenden Aero Morgan auf drei Rädern. Als Holmes Mr. Oliver, den Kutscher des Hotels, rufen ließ, lud ihn Mr. Marker ein, mit ihm nach

Yapton zu fahren. Holmes nahm das Angebot zögernd an. Der Wagen gefiel ihm ganz und gar nicht, aber er wollte die Gelegenheit zu einem ausführlichen Gespräch mit Luke nutzen. Glücklicherweise hatte es zu regnen aufgehört, das Automobil hatte nämlich kein Dach.

„Sie sind Handelsvertreter einer Mühle. Worin besteht Ihre Arbeit konkret?“ erkundigte sich Holmes.

Während sich der Morgan – Abgaswolken ausstoßend – bergauf mühte, zündete sich der junge Mann eine Zigarette an und blies den Rauch gegen die Windschutzscheibe.

„Wir kaufen Getreide von den Bauern und veräußern das Mehl.“

„Handeln Sie auch mit Saatgut?“

„Das ist“, sagte Luke Marker, „eine Entwicklung, die sich erst für die Zukunft abzeichnet. Aus den USA kommen wunderbare Züchtungen, die hohe Erträge versprechen. Die Farmer sind aber zu konservativ, sich darauf einzulassen, außerdem sind zumindest anfänglich höhere Investitionen notwendig, für die unsere Bauern kein Geld haben.“

„Das heißt“, präzisierte Holmes, „daß der Handel damit erst anläuft.“

„Hoffentlich“, meinte der junge Mann. „Und hoffentlich schnappt uns nicht eine der ausländischen Firmen, die auf unseren Markt drängen, das große Geschäft weg. Die besitzen nämlich die finanziellen Möglichkeiten, den Kauf des Saatgutes mit Krediten vorzufinanzieren und so die Landwirte von ihnen abhängig zu machen. Wir haben auf diese Weise schon einige Kunden verloren. Die Methoden dieser Firmen sind skrupelloser, als wir uns das vorgestellt haben.“

Der Weg, den Luke Marker mit seinem Aero Morgan nahm, führte an dem Ort Lamberley und dem Anwesen der Fergusons vorbei. Teils aus Interesse, aber auch wegen des dringenden

Wunsches, das unbequeme Fahrzeug wenigstens für einige Zeit verlassen zu können, bat Holmes den jungen Mann, einen Abstecher zu dem Landhaus zu machen. Auf dem Weg dorthin erzählte er dem Handelsvertreter die Geschichte von Mrs. Ferguson, die auf Grund einer Intrige, welche der eifersüchtige Stiefsohn eingefädelt hatte, zu Unrecht des Vampirismus verdächtigt wurde.

Der Wagen bewältigte zu Holmes' Überraschung den langen, gewundenen Weg ohne Schwierigkeiten, und nach einer halben Stunde erreichten sie das weitläufige Gebäude, dessen Mitteltrakt im Tudor-Stil gehalten war, während es sich bei den Seitenflügeln ganz offenkundig um spätere Anbauten handelte.

Das Haus wirkte verlassen, die Fenster waren verschmutzt und nicht geöffnet. Weißer Rauch aus einem der hoch aufragenden Schornsteine zeigte jedoch, daß sich jemand im Schloß aufhielt. Der Detektiv betätigte den metallenen Griff des Klingelzuges, und tatsächlich näherten sich schlurfende Geräusche.

„Wer ist draußen?“ fragte die heisere Stimme eines Mannes.

„Holmes. Sherlock Holmes. Ich war vor Jahren…“

„Mister Holmes. Was für eine Überraschung.“ Ein alter Mann mit grauem Haar und grauer Gesichtsfarbe öffnete und bat die Männer in das Haus.

„Kennen wir uns?“ wollte Holmes erstaunt wissen.

„Nicht persönlich. Gestatten Sie, daß ich mich vorstelle: Francis Salmon. Ich hüte das Haus, seitdem die Herrschaften…, aber das ist eine traurige Geschichte. Jedenfalls wurde oft von Ihnen gesprochen. Und von Doktor Watson. Ich nehme an, daß es sich bei Ihrem Begleiter nicht um ihn handelt.“

„An Ihnen, Mr. Salmon, ist ein Meisterdetektiv verlorengegangen. Wir fuhren gerade durch Lamberley, und da dachte ich…“

„Es ist wunderbar, daß Sie sich Zeit nehmen. Man ist sehr einsam hier.“

„Was ist aus den Fergusons geworden? Sie scheinen das Haus verlassen zu haben.“

Das Gesicht von Francis Salmon wurde ernst. „Sie sind verstorben. Alle außer dem jungen Herrn. Der ist nach London gegangen und hat mich beauftragt, das Haus in Ordnung zu halten. Eine Aufgabe, die mich in meinem Alter überfordert. Aber ich tue, was ich kann.“

„Soso“, murmelte Holmes, „alle verstorben. Auch der kleine Junge.“

„Nein, der Junge lebt – wie gesagt – in London.“

„Ich dachte nicht an Jack Ferguson, sondern an seinen kleinen Stiefbruder, auf den Jacky so eifersüchtig war“, entgegnete Holmes.

„Ja, das kleine Kind starb an einer schweren Lungenentzündung, und im Abstand von einem Jahr folgten ihm die untröstliche Mutter und Mister Ferguson. Kein Wunder, daß der junge Herr nicht in diesem Haus des Todes wohnen will.“

„Das kann ich mir denken“, fügte Holmes hinzu. „Wie hat sich der junge Herr entwickelt?“

Der alte Mann führte Holmes und Marker in die Halle des Landhauses und zeigte ihnen ein lebensgroßes Ölgemälde, das in dunklen, erdigen Farben gehalten war. Es stellte einen Mann von etwa dreißig Jahren dar, in dessen Gesicht Holmes den Knaben von damals wiedererkennen konnte.

„Das Bild schmeichelt ihm etwas“, sagte der Verwalter des Gutes.

Holmes äußerte sich nicht weiter und verabschiedete sich von dem alten Mann: „Sie wissen gar nicht, wie sehr Sie mir geholfen haben.“

Dann ging die Fahrt in dem unbequemen Fahrzeug weiter, und Holmes war mehr als erleichtert, als sie endlich vor dem Police Office in Yapton anhielten und er dieses merkwürdige

Gefährt endgültig verlassen konnte. Er war fest entschlossen, für die Rückfahrt zum Hotel ein Pferdefuhrwerk zu nehmen.

Als Constable Jenkins, der die Vermißtenanzeige aufnahm, den Wunsch äußerte, sich an Ort und Stelle einen Eindruck zu verschaffen, bat Holmes ihn, mitfahren zu dürfen. Man könne es Mr. Marker nicht zumuten, zweimal denselben Weg zu nehmen.

Der Polizist willigte ohne zu zögern ein. Er hatte schon oft von dem berühmten Londoner Detektiv gehört, der sich in diese Gegend zurückgezogen hatte, und war begierig, ihn näher kennenzulernen.

Der Polizeiwagen war geräumiger und hatte ein Dach. Man ist ja schon für Kleinigkeiten dankbar, dachte Holmes, bereute aber sofort, keinen Hansom genommen zu haben, denn der Constable redete ohne Unterlaß, und das im lokalen Dialekt. Holmes schloß die Augen und gab vor einzunicken, was den Polizisten aber nicht davon abhielt, seine Erzählung weiterzuspinnen.

An einem Punkt des Vortrags wurde Holmes jedoch aufmerksam. Der Constable sprach über vermißte Frauen.

„Wenn ich Sie richtig verstanden habe, Constable Jenkins, sind in den letzten Jahren fünf Frauen verschwunden."

„Ja, Mr. Holmes. Zwei davon wurden tot aufgefunden."

„Wie sind diese Frauen umgekommen?" wollte Holmes wissen.

„Sie wurden erstochen. Wie bei den Ripper-Morden in London."

„Und die anderen drei?"

„Von denen fehlt nach wie vor jede Spur."

Sherlock Holmes schwieg und überlegte, schließlich lenkte er die Aufmerksamkeit des Landpolizisten auf ein anderes Thema: „Ein Teil des Grundstücks von Mister Hatfield wird

Devil’s Dyke genannt. Welchen Ursprung hat diese Bezeichnung?“

„Also.“ Der Constable holte tief Luft, und Holmes bereute seine Frage. Er würde sicher gleich vom Mitteilungsdrang des Landpolizisten schier erdrückt werden.

„Also. Dyke heißt Graben. Einen solchen schuf der Teufel – von Poynings aus. Von dort wollte er sich durch die Hügel der South Downs bis zum Meer graben. Er hatte die Absicht, die vielen Christen zu vernichten, die in jedem Dorf in Sussex eine Kirche errichteten. Er hob diesen Graben aus, der bis zum Meer reichen sollte, um die Christen ersaufen zu lassen. Aber dann kam ihm jemand in die Quere: Eine alte, sehr religiöse Frau, die schlecht schlief und die Grabegeräusche hörte. Sie ahnte, was vor sich ging und stellte eine Kerze auf ein Fensterbrett. Vor diese schob sie ein Teesieb, um den Teufel glauben zu lassen, die Sonne gehe auf. Dann weckte die Alte ihren Hahn, der überrascht zu krähen begann. Der Teufel floh in Panik dorthin, wo er hingehörte, nämlich auf den Kontinent. Ein Erdklumpen, der von seinem Huf fiel, bildet seither die Isle of Wight.“

Was für ein abergläubisches Volk die Landbewohner sind! Ihr Glaube an tagscheues Gesindel wie Teufel und Vampire ist höchst seltsam, dachte der Detektiv, schwieg aber weise. Als der Constable noch den Devil’s Punch Bowl in Surrey erwähnte, unterbrach ihn Holmes: „Wenn Sie zu der Farm der Hatfields fahren, würde ich gerne einen Blick in das Innere des Wohnhauses werfen.“

„Ich bin froh, daß Sie mitkommen. Es könnte ja sein, daß mir ein wichtiges Detail entgeht.“

Das kann durchaus sein, fand Holmes.

Dann setzte der Polizist seine Erzählung fort, so daß Holmes am Ende der Fahrt eine umfassende Übersicht über das Wirken des Teufels in Sussex hatte.

Umständlich öffnete Jenkins die Tür zum Wohnhaus der Hatfields, die Sherlock Holmes nach seinem Eindringen wieder verriegelt hatte.

Holmes interessierten dieses Mal die schriftlichen Aufzeichnungen von Hatfield, besonders seine Unterlagen zur Landwirtschaft. Er öffnete den schweren Eichenschrank und stöberte in den Papieren.

„Interessant", murmelte der Detektiv und verstaute einige Schriftstücke in den tiefen Taschen seines Tweedpaletots, unbeobachtet von Constable Jenkins, der im Wohnraum und in den Schlafzimmern nach Spuren von Mona und ihrem Vater suchte.

„Wenn Sie so weit sind, Mr. Holmes, würde ich gerne zum Hotel fahren. Sie kennen ja den Weg dorthin."

Vor dem Fairmount Hotel trafen sie auf Mr. Holding, der soeben einen Spaziergang machen wollte. Holmes verabschiedete sich eilig von Constable Jenkins und schloß sich dem Journalisten an.

„Eine beunruhigende Sache, das Verschwinden des Mädchens", meinte Holding. „Meine Frau konnte nicht schlafen, so sehr geht ihr die Angelegenheit durch den Kopf."

„Übrigens – was wissen Sie über das Verschwinden von Frauen in dieser Gegend?" erkundigte sich Holmes.

„Das sind Sagen und Märchen. Überall auf der Welt verschwinden Menschen, laufen Frauen ihren Männern davon, und umgekehrt. Auch in Sussex ist das nicht anders. Glauben Sie einem erfahrenen Journalisten, da ist nichts dahinter."

„Und doch ist Mona Hatfield verschwunden", ergänzte Holmes. „Und jetzt auch noch ihr Vater und die silbernen Weizenähren."

„Silberne Weizenähren?" fragte der Journalist. „Das klingt

ja wie der Titel eines der Bücher, die Watson über Sie geschrieben hat."

„Ja, das könnte eines seiner besten Werke werden." Holmes lächelte und erzählte Holding vom Pilzbefall des Getreidefeldes und dessen Ernte. „Man müßte sich über die Gegend einen Überblick verschaffen, um herauszufinden, ob es auch andere Felder gibt, die mit Fusarium oxysporum verseucht sind."

„Nichts leichter als das. Mieten Sie ein Flugzeug, Holmes. Ich habe einen Bekannten, der –"

„Nehmen Sie bitte unverzüglich Kontakt zu diesem Mann auf, Holding. Die Sache erlaubt keinen Aufschub."

Der Journalist schickte sofort den Hotelkutscher Oliver nach Yapton, um ein Telefongespräch für ihn zu erledigen. Das Hotel verfügte noch nicht über den Komfort eines Telefonanschlusses.

Zwei Stunden später war der Mann mit einer Nachricht von Holdings Bekanntem, einem Edward Wales, zurück im Hotel. Dieser besaß ein Short Biplane No. 2, das bereits in den frühen Tagen des Weltkrieges im Einsatz gewesen war.

Holmes, der nicht wußte, was ihn erwartete, sagte zu, mitzufliegen, und auch der Journalist wollte unbedingt dabei sein.

Das Flugfeld von Chichester, das die beiden Männer am Vormittag des nächsten Tages erreichten, war nicht mehr als eine kurz gemähte, größere Wiese. Und als sie das sogenannte Flugzeug sahen, kamen ihnen Zweifel, ob sie es wirklich besteigen sollten.

„Was Moriarty nie geschafft hat, würde diesem Flugzeug gelingen", sagte Holmes.

„Sie zu beseitigen?" fragte der Journalist.

„So ist es, mein lieber Watson."

Der Journalist blickte Holmes amüsiert an.

„Die Gewohnheit, die Gewohnheit, mein lieber Holding. Ich werde keinen Schritt in die Nähe dieser Heuschrecke setzen. Das Flugzeug hat nicht einmal eine geschlossene Kanzel.“

„Man muß sich in einer Art Gurt, cincm Ledergeschirr, verankern“, meinte Mr. Holding.

„Ich nicht“, sagte Holmes.

Dem jungen Piloten, der stolz auf seinen Bristol Boxkite verwies, erklärte Holmes, worauf er bei seinem Flug achten sollte: Getreidefelder, die in ihrer Farbe vom Üblichen abweichen. Silbern glänzende Felder.

„Und viel Glück. Ich hoffe, wir sehen Sie lebend wieder.“

„Keine Bange, Mr. Holmes. Das Flugzeug und ich sind eine Einheit“, sagte Wales in reinstem Oxford-Englisch.

Holmes und der Journalist machten es sich im Schuppen des Flugfeldes bequem und beobachteten bei Tee und Gurkensandwiches den wackeligen Start des Boxkite. Holmes konnte sich des Gefühls nicht erwehren, daß er den Piloten schon einmal irgendwo gesehen hatte; er kam ihm bekannt vor, aber Holmes wußte ihn im Augenblick nicht einzuordnen.

Als der Pilot durchgefroren, aber wohlbehalten, gegen fünf Uhr nachmittags zurückkehrte, hatten die beiden Männer schon einige Gläser Sherry verkostet, die ihnen Mrs. Valentine, die Pächterin des Buffets, servierte. Sie warteten gerade mit großem Interesse auf die gebratene Ente, die es für Holmes, Holding und den Piloten zum Abendessen geben sollte.

Der Pilot legte eine Karte von Sussex auf den Tisch und machte mit einem Stift mehrere Kreise. „Ich habe drei verdächtige Felder entdeckt, die dem entsprechen, was Mr. Holmes beschrieben hat.“

„Sie sind sicher, daß diese Felder von einer Pilzkrankheit befallen sind?“ wollte Holmes wissen.

„Zu neunzig Prozent. Ich konnte mir im Tiefflug einen Eindruck verschaffen, aber kein Getreide pflücken. Da hätten Sie mich begleiten müssen."

„Ich danke Ihnen dennoch für Ihre Bemühungen", sagte Holmes.

Ab dann wurde Sherlock Holmes aktiv wie in jungen Jahren. Bis spät in die Nacht war er mit Oliver unterwegs. Als sie schließlich nach Mitternacht ins Hotel zurückkamen, lagen tiefe Schatten unter Holmes' Augen. Seine Lippen aber umspielte ein zufriedenes Lächeln.

Kapitel 4

Das Geheimnis der Kornfelder

Edward Wales, der Pilot, schien unter großem Druck zu stehen. Ungeduldig war er Holmes und Holding, die sich auf ihrer Vormittagswanderung befanden, auf halbem Weg entgegengeeilt. Sobald er sie in der Ferne ausnehmen konnte, gab er schon mit den Händen Zeichen. Seine Rauhlederschuhe waren vom Morgentau durchnäßt, auf seiner linken Handfläche hatte eine Brombeerranke eine blutige Spur gezogen, und der perfekt gezogene Haarscheitel war durch den Seewind in Unordnung gebracht worden.

„Ich dachte, Sie müssen unbedingt davon wissen, meine Herren", stieß der Pilot, noch völlig außer Atem, hervor. „Als ich gestern noch einmal das Gebiet überflog, in dem die befallenen Felder liegen, machte ich eine Entdeckung, die ich mir nicht erklären kann. Im Getreide befinden sich plötzlich geometrische Muster. Das Ganze wirkt beängstigend."

Holmes bat den Mann, ihm die Muster aufzuzeichnen.

Mr. Wales hatte bereits Skizzen angefertigt und zog diese aus dem verschwitzten Jackett seines grauen Zweireihers. Der Detektiv und Mister Holding betrachteten die Zeichnungen mit großem Interesse.

„Sie können sich gar nicht vorstellen", sagte Holmes, „wie wichtig es mir ist, daß Sie darüber berichten. Darf ich Sie auf eine Tasse Tee ins Hotel einladen?"

„Whisky wäre mir, ehrlich gesagt, lieber."

In die Veranda des Fairmount schien wärmend die Sonne, das Meer leuchtete so hell, daß es blendete. Bei einem doppelten Whisky fand der Pilot allmählich seine Fassung wieder. Holding und Holmes genehmigten sich einen Brandy.

„Ich schlage vor, Mr. Wales, Sie begleiten Mr. Holmes und mich zu diesen Feldern. Was Sie beschreiben, ist mehr als interessant. Ich werde Fotos machen und einen Artikel darüber schreiben. Das ist ein Thema, das sich nicht nur an die lokale Presse verkaufen läßt. Ich kann mir vorstellen, daß sogar die *Times* etwas darüber bringt“, sagte der Journalist, der auf Abwechslung in seinem geruhsamen Pensionistendasein hoffte.

„Ganz Ihrer Meinung, Mister Holding“, meinte Holmes lächelnd und zündete sich eine Zigarette an.

„Dann nichts wie los“, drängte der Journalist, der in sein Apartment eilte, um seine Hill's Cloud Kamera, ein handliches Gerät aus Holz, das auf Basis von Trockenfotoplatten arbeitete, zu holen.

„Ich bin gleich wieder bei Ihnen“, wandte sich Holmes an Wales. „Sie wollen sicher im Waschraum Ihre Hand versorgen und die Kleidung in Ordnung bringen.“

Erst jetzt bemerkte Edward Wales die blutende Wunde an seinem Handrücken.

Zu seiner Erleichterung sah Holmes wenige Minuten später, daß Wales ein elegantes Auto besaß, einen schwarzen Crossley 25/30. Er nahm mit dem Journalisten im Heck des Wagens Platz.

Der geübte Pilot steuerte auch dieses Fahrzeug sicher ans Ziel, zum nächstgelegenen der mit dem silbernen Pilz verseuchten Getreidefelder, die er vom Flugzeug aus entdeckt hatte.

Schon von Ferne war ein großer Kreis im verfärbten Getreide zu erkennen.

„Ich habe so etwas noch nie gesehen. Eine unheimliche Sache“, sagte Edward Wales, und der Journalist bat ihn anzuhalten. Er wollte ein Foto machen.

Während Anthony J. Holding die Kamera auf dem Holzstativ befestigte und eine Trockenplatte in das Holzgehäuse des Apparates schob, betrachtete Holmes konzentriert das Feld.

„Das Getreide weist dieselbe Verfärbung auf wie das im Devil’s Dyke. Ich werde zur Sicherheit eine Probe nehmen.“

„Und was sagen Sie zu dem Kreis im Feld?“ fragte der Pilot ungeduldig.

„Zu den Kreisen? Es sind zwei, wenn Sie genau hinsehen. Ein äußerer mit niedergedrückten Pflanzen und ein innerer von etwa demselben Durchmesser.“

„Ja, aber –“

„Wir müssen näher an das Feld heran. Ich muß die Pflanzen untersuchen“, sagte Holmes.

Ungeduldig setzte sich Wales an das Steuer seines Wagens, startete den Motor und rauchte mehrere Zigaretten, bis der Journalist endlich die belichtete Fotoplatte gegen eine neue ausgetauscht hatte. Aber die Fahrt endete bald. Der Weg zum Feld war für das Auto nicht passierbar, so tiefe Furchen hatten Pferdefuhrwerke in dem weichen Boden hinterlassen. Zu Fuß näherten sich die Männer den geheimnisvollen Kreisen im Getreide.

„Aha“, entfuhr es Holmes. „Wie ich es mir vorgestellt habe: Das Korn liegt auf dem Ackerboden, ist aber noch mit den Wurzeln verbunden und kann weiterwachsen. Die Kreise sind äußerst präzise gezogen. Wie mit einem Zirkel.“

„Ich glaube nicht“, wandte der Journalist ein, „daß dies auf menschliches Wirken zurückgeht.“

„Der Mai ist der Monat der Hexen und Teufel“, bestätigte Holmes.

„Sie meinen das nicht ernst, Sie Zyniker“, hielt ihm der Journalist vor.

„Ich sage nicht, daß diese Kreise auf Hexen und Teufel zurückzuführen sind, ich weise nur auf den Volksglauben unseres Landes hin. In der Walpurgisnacht, der Nacht zum ersten Mai, fliegen Hexen und ihre Meister durch die Lüfte.“

„Möglicherweise“, vermutete der Pilot, „hat der Pilzbefall der Ähren mit den Kreisen im Getreide zu tun.“

„Ich denke, daß Fachleute dieses rätselhafte Geschehen untersuchen werden, sobald die Presse darüber berichtet. Es wäre tatsächlich möglich, daß ein Phänomen – ähnlich den Hexenkreisen bei Waldpilzen – dahinter steckt.“

„Also doch Hexen! Aber warum sind Sie so vorsichtig, Holmes? Ich kenne Sie nicht wieder. Sie selbst sind Chemiker und Naturwissenschaftler“, stellte der Journalist erstaunt fest.

„Ach, nur ein unbedeutender Laie. Es ist wichtig, daß offizielle Wissenschaftler die Pilzverseuchung und die merkwürdigen Kreise untersuchen. Nur dadurch, daß die Sache öffentlich wird, kann die mögliche Gefahr für das Königreich aufgezeigt und letzten Endes abgewendet werden.“

„Das wird immer mysteriöser. Ein Fressen für die Journalistenkollegen“, sagte Mr. Holding. Er brannte darauf, einen Bericht zu schreiben und ihn der *Times* zu übermitteln. Die jungen Kollegen sollten sehen, daß er auch im Ruhestand nicht zum alten Eisen gehörte.

Edward Wales brachte sie zu zwei weiteren Getreidefeldern, die ähnliche Kreise aufwiesen. Der Journalist machte Fotos und Holmes sammelte vom Pilz befallenes Getreide. Bei Dunkelheit kehrten sie zum Hotel zurück.

Unter den Poststücken für Holmes war ein Brief, den Miss Lomax von der Baker Street nach Sussex weitergeleitet hatte.

Daran war nichts Außergewöhnliches. Es geschah noch

immer mehrmals in der Woche, daß Menschen, die Holmes' Hilfe suchten, ihre Schreiben an die Londoner Adresse richteten.

Holmes beantwortete alle Briefe, gab meist abschlägige Antworten und schickte sie in einem Sammelkuvert an Miss Lomax, die sie dann zum Postamt brachte. So war er einigermaßen sicher, nicht durch persönliche Besuche von Klienten belästigt zu werden.

Das Besondere an diesem Schreiben aber war der Absender. Der Brief stammte von einem Stephen Moriarty, dem Sohn von Professor James Moriarty, der vor dreißig Jahren an den Schweizer Reichenbach-Fällen in der finalen Konfrontation mit Holmes ums Leben gekommen war.

Die Erinnerung des Detektivs an das gefährliche Duell mit dem Napoleon des Verbrechens war noch frisch. Holmes hatte bereits mit seinem Leben abgeschlossen gehabt, als er seinem Widersacher am Ende eines schmalen Pfades über den Wasserfällen gegenüberstand. Ebenso war es für den Professor klar, daß er keine Chance mehr hatte. Er stürzte sich auf Holmes und schlang seine langen Arme um ihn, um Holmes mit sich in die Tiefe zu reißen. Die beiden Männer taumelten und wankten im Kampf über dem Abgrund. Holmes, der einige Erfahrung in Baritsu, einer japanischen Technik des Ringkampfes, besaß, gelang es, den Gegner ein letztes Mal zu täuschen, so daß dieser das Gleichgewicht verlor, mit Händen und Füßen rudernd um sich schlug und schließlich abstürzte. Der Detektiv sah noch, wie Moriarty einen Felsen streifte, von diesem abprallte und in der Tiefe der Schlucht im Wasser aufschlug.

Sein Sohn Stephen Moriarty mußte also mindestens dreißig Jahre alt sein, überlegte Holmes. Er wollte dieses Gespräch, um das dieser bat, mit dem jungen Moriarty führen, obwohl

Vorsicht geboten war. Alles war möglich. Von einer friedlichen Unterredung bis zu einer Falle, in die er gelockt werden sollte.

Sherlock Holmes verfaßte umgehend ein Antwortschreiben, das er in ein Kuvert an Miss Lomax steckte, und schlug Stephen Moriarty ein Treffen in der Baker Street 221b vor. Zugleich schrieb er auch eine Nachricht an Watson in Tunbridge Wells.

Zu Mittag saß wieder Ratcliffe auf der Veranda und genoß festen Boden unter den Füßen. Holmes fragte ihn, ob er ihn auf ein Glas Brandy oder Whisky einladen dürfe.

„Ein Glas Sherry wäre angenehm", sagte Mr. Ratcliffe.

Holmes wollte sondieren, was der Amerikaner von sich aus zu erzählen bereit war. Also sprach er über das Wetter und den Vormittagsspaziergang. Etwas gelangweilt hörte ihm Mr. Ratcliffe eine Weile zu, dann fragte er: „Sie sind doch der berühmte Detektiv aus London. Was hat Sie in diesen abgelegenen Teil Englands gebracht?"

„Ich sah diese Bucht und das Hotel zum ersten Mal, als wir – das heißt Dr. Watson und ich – in einer beruflichen Angelegenheit in Sussex unterwegs waren und hier ein erstklassiges Mahl einnahmen. Da stieg der Wunsch in mir auf, im Alter die Großstadt zu verlassen und die Ruhe dieser Gegend zu genießen. Aber was ist der Grund dafür, daß Sie mit Ihrer Yacht nicht nach Griechenland, nicht an die Riviera segeln, sondern in unserer Gegend ankern?"

„Geschäfte, Mr. Holmes, sind der Grund. Wir machen Geschäfte mit London und suchen zugleich die Geborgenheit des Landes."

Mehr war aus dem so kontrolliert und diszipliniert wirkenden Mann, der wirklich einem Schauspieler glich, der perfekt seine Rolle spielte, nicht herauszuholen. Er war auch nicht zu überreden, ein weiteres Glas Sherry zu trinken.

Für Mr. Holding war eine äußerst betriebsame Zeit angebrochen. Er war nach London gereist und sein Artikel erschien auf Seite drei der *Times*.

Sherlock Holmes hingegen fuhr auf direktem Weg von Brighton zur Victoria Station in London. Er nächtigte im St. George, einem Hotel schräg gegenüber seinem Haus in der Baker Street, denn er wollte das Umfeld aus einiger Distanz beobachten. Bei allem, was mit Moriarty zu tun hatte, war Vorsicht geboten.

Den tosenden Wassern des Reichenbach-Falles war Holmes nur knapp entronnen. Wie blamabel wäre es, im Alter gegen den Sohn seines Erzfeindes zu unterliegen!

Holmes saß ab fünf Uhr früh am Fenster, auch das Frühstück, das ihm ein Mädchen auf das Zimmer brachte, nahm er dort ein. Er wollte sich nichts entgehen lassen und, wie so oft in jüngeren Jahren, das Erwachen der Großstadt beobachten. Durch das Schiebefenster, das er einen Spaltbreit geöffnet hielt, konnte er die Geräusche, Gerüche und Temperatur des Maimorgens wahrnehmen. Der ruhige, tiefe Atem der Metropole war in diesen frühen Stunden des Morgens zu hören – ein undefinierbares Rauschen, das nie verstummte. Dazu kam das Motorengeräusch erster Busse, die Arbeiter von den Nachtschichten zu Bahnhöfen und zu U-Bahnstationen transportierten. Die Gaslampen, welche die Baker Street beleuchteten, erloschen mit dem Einsetzen der Dämmerung um viertel nach sechs. Ein Zeitungsjunge balancierte sein Fahrrad durch die noch kaum befahrene Straße und warf geübt die gefalteten Tageszeitungen über die schwarzen Metallzäune vor die Haustüren.

Holmes entfernte sich kurze Zeit von seinem Beobachtungsposten, um sich vom Portier die neueste Ausgabe der *Times* zu holen.

Tatsächlich! Der erste Beitrag von Anthony J. Holding fand sich auf Seite 3. Die Schlagzeile war ungewöhnlich groß gehalten für das sonst so zurückhaltende Blatt: „Das Geheimnis der Felder von West Sussex. Von unserem Sonderkorrespondenten Anthony J. Holding“. Drei Fotografien illustrierten den Artikel. Eine war die der Kreise im Getreide, die zweite war die Nahaufnahme einer von Pilzsporen befallenen Kornähre, und eine weitere zeigte den Journalisten. Ausführlich wurde von der Verseuchung dreier Weizenfelder in Sussex berichtet. Die eigentliche Sensation waren aber die großflächigen kreisförmigen Veränderungen in den Feldern.

In Interviews mit Bewohnern der Gegend kamen allerlei Vermutungen zur Sprache, die von Hexentänzen bis zu Anschlägen von deutschen und österreichischen Spionen reichten, die England nach dem verlorenen Krieg vernichten wollten.

Als Sherlock Holmes ein dumpfes Pochen von der Straße her vernahm, legte er die Zeitung beiseite und setzte sich wieder an das Fenster seines Hotelzimmers. Das gedämpfte Geräusch stammte von den mit Hartgummi versehenen Hufen eines grau-weißen Pferdes, das den Milchwagen zog. Der Milchmann entnahm seinem offenen Fuhrwerk Flaschen und Papiersäcke mit frischen Brötchen, die er zu den Haustüren trug, vor denen Drahtgestelle mit leeren Flaschen und Körbe für das Gebäck standen. Immer wieder pausierte er und steckte sich eine Zigarette an, deren Rauch er tief einsog. Das Pferd wußte, wann es weitergehen mußte.

Obwohl er nichts Außergewöhnliches beobachten konnte, genoß der Detektiv diesen Morgen und Vormittag. Eine wunderbare Abwechslung zu Natur und Meer in Sussex und eine Erinnerung an die langen Jahre in der Baker Street.

Wie erwartet kam noch vor dem Mittagessen Watsons Droschke. Der alte Feinschmecker wollte sich die Kochkünste von Miss Lomax nicht entgehen lassen.

Als gegen zwei Uhr ein Mann um die Vierzig eintraf, erkannte Holmes an der Ähnlichkeit der Gesichtszüge und der Körperhaltung sofort, daß es sich um Stephen Moriarty handeln mußte. Sobald er sicher war, daß er allein gekommen war, verließ Holmes das Hotel und begab sich in sein Haus.

„Ich dachte schon, es sei Ihnen etwas zugestoßen. Dr. Watson wartet schon auf Sie. Und soeben ist ein Mann eingetroffen, der –“, sprudelte es aus Miss Lomax' Mund.

„Ich weiß, meine Liebe“, beruhigte Sherlock Holmes sie und begab sich zu seinen Besuchern.

Watson und Stephen Moriarty, die bereits im Arbeitszimmer im ersten Stock bei Tee und Sandwiches saßen, erhoben sich und drückten Holmes die Hand.

„Interessant, Sie kennenzulernen“, sagte Holmes zum jungen Moriarty.

Der erwiderte leicht lächelnd: „Auch ich bin mir nicht sicher, ob es mich freut, Sie zu sehen.“

„Und was führt Sie zu mir – nach all den Jahren?“ fragte Holmes direkt.

„Meine Beschäftigung mit dem Leben meines Vaters. Immerhin spielten Sie darin eine zentrale Rolle.“

„Darum habe ich mich bereiterklärt, mich mit Ihnen zu treffen“, sagte Holmes. „Und ich habe Watson, der Ihren Vater ebenfalls kannte und über ihn schrieb, hergebeten.“

„Ja, auch das fand ich interessant.“

„Aber Sie müssen uns sagen, was genau Sie wissen wollen“, schlug Sherlock Holmes vor.

„Dessen bin ich mir bewußt. Dennoch fällt es mir nicht leicht, Verstand und Gefühl in Einklang zu bringen.“ Stephen

Moriarty räusperte sich und begann: „Ich war mit meinem Vater in die Schweiz gereist, als ich – ich war damals elf oder zwölf Jahre alt – von einem Kindermädchen erfuhr, daß er verunglückt sei. Ein Mitarbeiter brachte mich daraufhin in ein Internat."

„Was war mit Ihrer Mutter?" wollte Holmes wissen.

In dem Gesicht des sonst so ruhigen Mannes zuckte es leicht. „Ich habe keine Erinnerung an sie. Nicht einmal ein Foto ist mir geblieben. Jedenfalls war sie nicht mit uns in die Schweiz gereist. Die Kosten für Schule und Unterkunft wurden regelmäßig bezahlt. Ich blieb auch nach der Schule in Genf, der Leiter der Anstalt vermittelte mir eine Anstellung in der Genfer Bank. Mit einundzwanzig wurde mir von einem Londoner Rechtsanwalt mitgeteilt, daß mir ein beträchtliches Geldvermögen aus dem Nachlaß meines Vaters zufiel. Außerdem wurde mir eine Art schriftliches Vermächtnis ausgehändigt, ein goldenes Kästchen mit einem handgeschriebenen schwarzen Buch, in das jemand, der mit M. unterzeichnete, eine persönliche Widmung an mich geschrieben hatte. Ich nehme an, daß das von meinem Vater stammt." Stephen Moriarty legte ein in schwarzes Leder gebundenes Buch auf den Tisch und fuhr fort: „Ich konnte mich nur dunkel an meinen Vater erinnern. Ich wußte nichts, absolut nichts, über meine Herkunft. Also begann ich mit großem Interesse in dem Buch zu lesen. Aber ich konnte mir keinen Reim daraus machen. Immer wieder war vom Alten Testament die Rede, von der Bundeslade, von einer geheimen Offenbarung. Und von einem Feind, der vernichtet werden mußte."

„Der Feind trug vermutlich meinen Namen", unterbrach Sherlock Holmes.

„So ist es. Und den von Dr. John Watson."

Watson schaute triumphierend seinen Freund an. Auf Moriarty war Verlaß. Er hatte den treuen Watson nicht vergessen.

„Auch eine Freimaurerloge zählt der Verfasser des Buches zu seinen großen Widersachern“, setzte Stephen Moriarty fort. „Ich hörte zu dieser Zeit von Büchern, die Dr. Watson über Sherlock Holmes geschrieben hatte, und ließ mir die Bände von England in die Schweiz schicken. Was ich da las, verblüffte mich. Mein Vater ein Verbrecher, ein Napoleon des Verbrechens? Das konnte nicht stimmen! Ich hatte ihn mir als einen bewundernswerten Menschen vorgestellt und war mir sicher, daß es sich um eine bösartige Verleumdung handeln mußte. Also las ich sein Buch noch einmal, aus einem anderen Blickwinkel, und ich war beunruhigt.“

„Ich kann Ihnen versichern, Mr. Moriarty, daß jedes Wort, das ich über Ihren Vater geschrieben habe, stimmt. Ich habe nichts dazuerfunden, nichts übertrieben“, warf Watson ein. „Es gibt sogar Facetten, die ich in den Büchern nicht erwähnt habe, um die Leser nicht zu beunruhigen.“

„Um so schlimmer. Und deshalb ersuche ich Sie, Mr. Holmes, Doktor Watson, das Buch zu analysieren. Ich denke mir, daß Sie, die Sie mit dem Wirken meines Vaters vertraut sind, weiteres Unheil verhindern können. Wenn dieses Buch in die falschen Hände geriete, dann gnade Gott –“

„Oder wenn es eine Abschrift davon gäbe“, sagte Sherlock Holmes.

Watson und Moriarty sahen den Detektiv überrascht an.

„Eine rein hypothetische Überlegung“, beschwichtigte Holmes.

„Was für ein Mensch war mein Vater in Ihren Augen?“ fragte Moriartys Sohn.

„Wir kannten ihn nicht als Privatperson, nicht als Familienvater, sondern rein beruflich. Als Napoleon des Verbrechens war er gefährlicher als irgend jemand sonst, den ich im Laufe der Jahre bei meiner Arbeit kennengelernt habe. Gefährlich für jeden Menschen, der mit ihm in Kontakt kam, gefährlich für England, wenn nicht für die ganze Welt. Der schlimmste Fehler, den man machen könnte, wäre, ihn zu unterschätzen." Nach einer kurzen Pause fügte Holmes hinzu: „Auch nach seinem Tod."

Stephen Moriarty war sehr ernst geworden. Er sagte nichts, aber er blickte Watson fragend an, in der Hoffnung, von diesem ein milderes Urteil über seinen Vater zu hören.

„Ich stimme voll und ganz mit Holmes überein. Für mich hatte Moriarty zusätzlich etwas Unheimlich-Dämonisches. Kurz gesagt: Er machte mir angst."

„Aber", unterbrach Holmes, „aus menschlichem Gerechtigkeitssinn muß man anmerken, daß man einem Sündenbock gerne alles aufbürdet, was einen an verborgenen dunklen Seiten an der eigenen Persönlichkeit beunruhigt. Ein Schweizer Psychologe namens Carl Gustav Jung unterscheidet zwischen der ‚Persona', jener Maske, die wir nach außen tragen, die dem entspricht, wie wir von der Außenwelt wahrgenommen werden wollen, und dem ‚Schatten'. Der eines Menschen ist die dunkle Seite der Persönlichkeit, er umfaßt Gier, Gewalttätigkeit, sexuelles Verlangen. Und das projizieren wir gern auf andere Menschen."

Stephen Moriarty schöpfte Hoffnung: „Sie meinen, daß mein Vater kein Verbrecher war, daß man ihn nur so sah." Die drei Männer schwiegen, dann fuhr Moriartys Sohn fort: „Dem widerspricht leider, was ich in diesem Buch gelesen habe. Ich bitte Sie, Mr. Holmes, prüfen Sie es, machen Sie sich einen Eindruck und teilen Sie mir Ihre Überlegungen mit."

„Dazu bin ich gern bereit, Mr. Moriarty. Geben Sie mir Ihre Anschrift, und ich werde Sie zu gegebener Zeit benachrichtigen." Nach einer kurzen Denkpause fuhr Holmes fort: „Sie erwähnten, daß sich das schwarze Buch Ihres Vaters in einer goldenen Schatulle befunden habe. Sie haben dieses Behältnis nicht mitgebracht?“

„Ich habe das Kästchen zu Hause gelassen, weil ich glaubte –“

„Jedes Detail ist von Bedeutung“, versicherte Holmes und bat Stephen Moriarty, den Gegenstand zu beschreiben.

„Ein Kästchen aus vergoldetem Holz, etwas größer als das Buch. Sowohl innen als auch außen vergoldet. An den Schmalseiten sind vier Ringe angebracht, und der Deckel ist mit Figuren verziert.“

Holmes schob Moriarty ein Blatt Papier und einen Stift über den Tisch. „Zeichnen Sie bitte die Figuren!“

„Ich bin kein geübter Zeichner, aber ich kann es versuchen.“

Mit beachtlichem Talent fertigte Stephen Moriarty das Bild eines Wesens an, halb Mensch, halb Tier, das seine goldene Schwingen weit ausbreitete.

„Auf dem Deckel stehen zwei dieser Figuren. Sie wirken auf mich wie Wächter über den Inhalt der Schatulle“, fügte er noch hinzu.

„Mein Gott, das ist die Lade“, entfuhr es Holmes und war danach zu keiner weiteren Aussage mehr bereit.

Kapitel 5

Das schwarze Buch

Sherlock Holmes bat Miss Lomax, seinen Überzieher unverzüglich zu Redruff & Wilson, den Schneidern in der Oxford Street, zu bringen, er sei ihm zu eng geworden. Das Kleidungsstück müsse in Ordnung gebracht werden, bevor er die Rückreise nach Sussex antreten würde. Dem in Papier gehüllten und verschnürten Paket hatte Holmes ein Schreiben mit genauen Anweisungen an die Schneider beigelegt.

Miss Lomax war verwundert. Sie hätte gern selbst die Änderung vorgenommen. Weil Holmes mehrmals betonte, wie außerordentlich wichtig es sei, daß sie persönlich das Paket abliefere, führte sie den Auftrag sofort und ohne weiteres Murren aus.

Holmes und Watson verzehrten inzwischen die von der Hausfrau zum High Tea um vier Uhr vorbereiteten Köstlichkeiten: Kleine Sandwiches mit mundgerechten Hühnerstückchen auf Mayonnaise, Fruchtkuchen mit geschlagener Sahne sowie winzige Cremetorten zum starken Orange Pekoe-Tee mit Milch. Kuhmilch. Holmes war es sehr wichtig, Kuhmilch zum Tee zu bekommen. Er haßte Schafmilch, die aus Sparsamkeitsgründen während des Krieges und in den Jahren danach häufig verwendet wurde.

Während des Essens tauschten die beiden Männer Eindrücke über das Treffen mit Stephen Moriarty aus.

„Ich denke, er ist in Ordnung“, meinte Watson. „Er ist nicht von seinem Vater erzogen worden, und er wirkt ehrlich.“

„Oder er ist perfekt in die Fußstapfen des Vaters getreten. Wir müssen extrem vorsichtig sein.“

„Wo ist das Buch, das er uns gebracht hat?“ fragte Watson, der einen Blick hineinwerfen wollte.

„Das befördert gerade Miss Lomax zu Redruff & Wilson, wo ich es in Kürze abholen werde."

„Warum das?" wollte Watson verblüfft wissen.

„Das gehört zu den Vorsichtsmaßnahmen."

Gegen fünf Uhr verabschiedete sich Holmes von Dr. Watson und nahm eine Droschke in Richtung Oxford Street. Kaum hatte er das Gefährt bestiegen, erkannte er, daß etwas nicht in Ordnung war. Ein verhüllter Mann saß bereits in dem Abteil. Er hielt mit Äther getränktes Verbandsmaterial in der rechten Hand, während er versuchte, Holmes mit der Linken zu überwältigen. Aber der Mann hatte nicht mit der Stärke des alternden Detektivs gerechnet. Er mußte die Mullbinde fallenlassen, um beide Hände für den heftigen Kampf frei zu bekommen. Es gelang ihm, Holmes um den Hals zu fassen, der Detektiv rang nach Luft, rammte jedoch sein Knie in den Unterleib seines Widersachers, daß dieser aufheulend losließ. Holmes riß dem Mann die schwarze Kapuze vom Kopf, sah aber nur das ihm unbekannte Gesicht eines Mannes in mittlerem Alter. Er faßte den Überraschten mit der linken Hand am Hals und drückte ihm mit der Rechten den Ätherbausch, den Holmes blitzschnell ergriffen hatte, auf Mund und Nase. Der Mann bewegte noch abwehrend Arme und Beine, erschlaffte aber bald und fiel in eine tiefe Betäubung.

Die heftigen Bewegungen und der Lärm aus der Droschke hatten den Kutscher dazu veranlaßt, anzuhalten. Während er sich vorsichtig der linken Tür des Fuhrwerks näherte, war Holmes auf der anderen Seite ins Freie geschlüpft, umrundete die Droschke und bekam den Kutscher von hinten zu fassen. Mit einem kräftigen Schlag seines Gehstocks gegen den Nacken setzte er den Mann für einige Zeit außer Gefecht und konnte so seinen Weg zu Redruff & Wilson ungehindert zu Fuß fortsetzen.

Dort holte er den unverändert gelassenen Überwurf ab, in dessen Taschen das Buch, das ihm Moriartys Sohn anvertraut hatte, verborgen war. Er verließ das noble Geschäft durch den Hof und steuerte auf komplizierten Wegen, auf denen er sich immer wieder vergewisserte, nicht verfolgt zu werden, die Räumlichkeiten des Atheneum Clubs am Waterloo Place an.

Sherlock Holmes war seit jungen Jahren Mitglied dieses Clubs für Herren der gehobenen Londoner Gesellschaft. John Norton, der Chefbutler, der sich all die Jahre scheinbar nicht verändert hatte, begrüßte den Detektiv in seiner zurückhaltenden Art und führte ihn in den Speisesaal, wo Holmes ein leichtes Abendessen einnahm.

„Ich benötige ein Zimmer für die Nacht“, teilte er dem Butler mit.

Nach den in Butter gedünsteten Krabbenschwänzen mit frischem grünem Salat und einem süßen Dessert, das Holmes nicht sonderlich schmeckte, begab er sich in die Bibliothek des Clubs, wo er sich ungestört der Lektüre des schwarzen Buches widmen konnte.

Als sich der Lesesaal gegen zehn Uhr leerte und die vielen kleinen Leselampen an den Tischen erloschen, fragte der Bibliothekar, ob er Mr. Holmes einen letzten Sherry bringen dürfe. Holmes bestellte statt dessen Kaffee. Er wollte wach bleiben.

„Ihr Zimmer befindet sich im zweiten Stock“, teilte ihm der Bedienstete noch mit und legte den Schlüssel auf den Tisch.

Nach einer halben Stunde zog sich Holmes mit dem Buch auf sein Zimmer zurück, wo er, am geheizten Kamin sitzend, noch stundenlang weiterlas.

Am Ende des Buches, im vierten Kapitel, fand er schließlich einen Satz, der ihn wirklich überraschte: *„Die Juwes sind nicht die Männer, denen man die Schuld nicht anlasten kann.“ *)*

**) „The Juwes are not the men that will be blamed for nothing.“*

Der junge Diener in der Livree des Atheneum Clubs, der das Frühstück auf das Zimmer brachte, legte die sorgfältig gefalteten und geglätteten Morgenzeitungen auf den Schreibtisch. Holmes nahm als erstes die *Times* zur Hand, in der Hoffnung, einen weiteren Artikel über die Getreidefelder zu finden, und wurde nicht enttäuscht. Auf Seite fünf berichtete Mr. Holding, daß die drei Felder in Sussex, auf denen die mysteriösen Kreise gefunden worden waren, mit einem gefährlichen Pilz verseucht waren. Das Landwirtschaftsministerium in London habe angeordnet, den betroffenen Weizen unverzüglich abzumähen und zu verbrennen, um eine Verbreitung der Seuche zu vermeiden, die zur Vernichtung der Getreideernte in weiten Teilen des Landes führen könne. Inzwischen würden die Felder Tag und Nacht von Soldaten bewacht.

Holmes lächelte zufrieden, aß seine Würstchen mit gegrillten Tomaten und trank Tee dazu.

Gegen Mittag nahm er den Direktzug von Victoria nach Brighton, und gegen drei Uhr kehrte er bester Laune ins Fairmount Hotel zurück. Erst die Bromhams, die ihn nach Mona Hatfield fragten, von der man seit ihrem Verschwinden nichts mehr gehört und gesehen hatte, holten ihn auf den Boden der Tatsachen zurück.

Er begab sich zu Walter Sickert, der an seiner Staffelei stand. Der Maler war wie immer korrekt gekleidet, trug ein dunkles Jackett und eine dunkle Masche am fleckenlos weißen Hemd. Sein dichtes schwarzes Haar hatte er tief in die Stirn gekämmt. Wie immer umspielte ein feines Lächeln seinen fest geschlossenen Mund.

Das Fenster seines Arbeitszimmers, das einen Blick auf das Meer ermöglicht hätte, war mit durchscheinendem Papier verklebt. Der Maler wollte offenbar nicht abgelenkt werden.

An den Wänden hingen und lehnten Bleistift- und Kohleskizzen, Fotografien von Menschen und Räumen. Auch Kalenderbilder und Werbeplakate für Theatervorstellungen.

Holmes betrachtete die Bilder eingehend, konnte aber keine Ähnlichkeiten mit ihm bekannten Menschen und Plätzen erkennen.

„Ich brauche wieder ein Modell. Ein menschliches Modell. Der Mangel an geeignetem Material ist der Nachteil dieser Gegend, so herrlich die Natur ist“, klagte der Maler.

„Ihr letztes Modell war Mona Hatfield“, stellte Holmes fest.

„Ich habe sie immer wieder für eine halbe Stunde gebeten, Modell zu sitzen oder zu liegen. Mehr war nicht möglich, sie war zu beschäftigt. Das hätten die Bromhams nicht gestattet. Aber sie hatte mir versprochen, ein- bis zweimal in der Woche, am Nachmittag, nach Ende ihrer Arbeit, zu bleiben. Und jetzt ist sie verschwunden.“

„Ich sah“, begann Sherlock Holmes vorsichtig, „flüchtig ein Bild, auf dem Mona Hatfield abgebildet war. Sie machte einen, wie soll ich sagen, leblosen Eindruck auf mich.“

„Nicht zu Unrecht, Mr. Holmes. Sie müssen verstehen, Mona erinnert mich an jemanden, den ich früher, sehr viel früher porträtierte – eine Frau, die ermordet worden ist, und ich versetzte mich ganz in die Stimmung von damals, als ich sie malte.“

„Erzählen Sie mir davon“, bat Sherlock Holmes.

„Dann nehmen Sie, bitte, Platz. Das dauert etwas länger. Meine Erinnerung führt mich zurück in das Jahr 1888. Ich war ein junger Maler, dreiunddreißig Jahre alt. Ich arbeitete als Zeichner für das Illustrated Paper, eine Sensationszeitung, die es glücklicherweise nicht mehr gibt. Aber sie zahlten gut, damals. Es war an einem Montag im April 1888, als ich von der Redaktion erfuhr, daß im London Hospital eine Prostituierte an den Folgen eines Überfalls verstorben war. Jemand hatte ihr mit solcher Gewalt einen Gegenstand in den Unterleib gestoßen, daß er abbrach und die Frau so schwer verletzte, daß sie am nächsten Tag starb. Ihr Name war Emma Smith, eine geschiedene Frau, die aus Armut zur Prostituierten geworden war. Sie war trotz ihres Lebenswandels, den sie nur mit viel Alkohol ertragen konnte, eine relativ schöne Frau geblieben. Gegen reichliche Bezahlung konnte ich im Krankenhaus Skizzen der Frau machen, die noch in derselben Woche im Illustrated Paper veröffentlicht wurden. Im August desselben Jahres fand man die übel zugerichtete Leiche von Mary Nichols in der Buck's Row. Dieser Frau hatte man den Hals von einem Ohr zum anderen durchtrennt und ihr eine Wunde im Unterleib zugefügt. Auch in diesem Fall fertigte ich Skizzen für die Zeitung an. Seitdem sind die beiden Frauen in meiner Erinnerung zu einer einzigen verschmolzen."

„Und eine der Frauen hatte Ähnlichkeit mit Mona Hatfield?" fragte Holmes.

„Ja, die erste."

„Haben Sie auch die späteren Opfer von Jack the Ripper gesehen?"

„Nein. Nur in Zeitungen, die Illustrationen anderer Zeichner. Ich wollte das nicht mehr machen und habe gekündigt." Nach einer Pause fügte Walter Sickert hinzu: „Und trotzdem werde ich die Erinnerung an damals nicht los."

„Und Sie machen wieder Geschäfte damit", ergänzte Holmes aufgebracht.

„Ohne Absicht. Das hat sich so ergeben", betonte der Maler.

„Wenn Miss Mona durch Sie zu Schaden kommt, werden Sie keine ruhige Minute mehr haben, Sickert, das verspreche ich Ihnen", stieß der Detektiv hervor.

Kapitel 6

Kontakt zu Scotland Yard

Es war viel geschehen in diesen Maitagen, und es war Zeit für Sherlock Holmes, die Ereignisse zu überdenken.

In der Baker Street konnte er stundenlang auf der Violine spielen und dabei seine Gedanken ordnen. Im Fairmount gebot es die Rücksicht auf die anderen Gäste, auf diese Art der Meditation zu verzichten.

Holmes, der sich in jüngeren Jahren nie für Natur und Landschaft interessiert, aber immer schon das Meer gemocht hatte, fand die nötige innere Ruhe auf langen Spaziergängen die Klippen entlang. Er schätzte die wilde Unberechenbarkeit der Natur, den frischen, jodhaltigen Geruch der Luft, das ständige Geräusch der Brandung.

Das abgemähte Feld der Hatfields ging ihm durch den Kopf, das Verschwinden von Mona und deren Vater, das Gemälde, das Monas Gesichtszüge zeigte, drei weitere mit dem Pilz befallene Felder, deren Existenz nun der Öffentlichkeit bekannt war, das Auftauchen von Stephen Moriarty und das schwarze Buch mit dem Schlußsatz, in dem die geheimnisvollen Juwes erwähnt wurden.

Zwischen all diesen Elementen vermutete der Detektiv ein eng verwobenes Geflecht von Beziehungen, Menschen, Interessen und Absichten. Fast nichts, was in diesen letzten Wochen geschehen war, war zufällig. Es steckte ein Plan dahinter, den er bereits in Umrissen wahrnahm.

Die Möwen waren an diesem Nachmittag besonders laut und unruhig, fand Holmes, und er ging auf die Stelle zu, die sie kreischend umkreisten.

Am Fuße der Klippen, vom Salzwasser des Meeres umspült, lag ein dunkler Gegenstand. Beim Näherkommen bemerkte Holmes, daß es ein eher kleinwüchsiger Mensch in bäuerlicher Kleidung war, der auf dem Bauch lag.

Holmes drehte den leblosen Körper mit dem rechten Bein so weit um, daß er das Gesicht erkennen konnte. Das salzhaltige Wasser hatte die Gesichtszüge des Mannes konserviert, die Augen allerdings starrten weiß und tot ins Leere.

Holmes war klar, wer der Mann mit dem vollen dunklen Haar war. Bei dem Toten handelte es sich ohne Zweifel um Monas Vater.

Er drehte und untersuchte den Körper so lange, bis für ihn feststand, daß der Farmer durch Genickbruch ums Leben gekommen war. Er war von den Klippen gestürzt oder gestoßen worden. Doch Holmes wollte sich noch nicht darauf festlegen, ob es sich um einen Unfall, Selbstmord oder Mord handelte.

Der Detektiv eilte auf direktem Weg zurück zum Hotel und beauftragte den Kutscher, die Polizei zu verständigen.

Als Constable Jenkins nach den Untersuchungen am Abend zurück zur Polizeistation fuhr, begleitete Holmes ihn. Er wollte Näheres über die Hatfields und ihre Farm erfahren und erhoffte sich Auskunft in den Unterlagen des Gemeindeamtes.

Philip Morriston, der Gemeindesekretär, war gerade beim Abendessen, als Holmes an seiner Tür klopfte. Seine Frau lud Holmes auf eine Portion Lammkotelett mit Minzsauce ein, dazu tranken sie Obstwein aus der Gegend.

Nach Kaffee und Brandy begaben sich die beiden Männer in das Gemeindehaus, wo der Sekretär in den Unterlagen nach Informationen zu Donald Hatfield und seiner Farm suchte.

„Hatfield übernahm die Farm 1889“, berichtete der Beamte, „von seinem Onkel Rupert Hatfield, der als Kutscher in London gearbeitet und die Farm völlig vernachlässigt hatte.“

„Was war der Grund für die Übernahme?“ wollte Holmes wissen.

Morriston blätterte lange in den Akten, bis er schließlich auf das Gesuchte stieß. „Diese Eintragung hier“, mit diesen Worten schob er den geöffneten Band der Gemeindechronik zu Holmes, „diese Eintragung weist darauf hin, daß er verschwunden ist, von Lieferanten als vermißt gemeldet wurde. Weitere Eintragungen, Rupert Hatfield betreffend, sind damals nicht gemacht worden.“

„Hmmh“, brummte Holmes.

„Donald Hatfield heiratete im Jahr 1901. Seine Frau starb zwei Jahre nach der Geburt der Tochter.“

„Und jetzt ist auch noch die Tochter verschwunden.“

„Und er selbst“, ergänzte der Gemeindesekretär.

„Er ist wieder aufgetaucht“, präzisierte Holmes.

„Was für eine Katastrophe!“ klagte der Gemeindesekretär. „Der Verstorbene war so ein tüchtiger Mann. Er brachte die herabgewirtschaftete Farm in Schuß. Auf dem verwilderten Land baute er Getreide an, auf den weniger günstig gelegenen Feldern ließ er Schafe grasen, und es gelang ihm, seine Tochter ohne die Hilfe einer Frau großzuziehen und einen Arbeitsplatz für sie zu finden.“

„Die Farm gehört jetzt der Tochter“, meinte Holmes und erkundigte sich nach weiteren Angehörigen.

„In den Akten wird nichts von Verwandten und anderen erbberechtigten Personen erwähnt. Aber solange Mona Hatfield nicht lebend oder tot aufgefunden wird, kann in dieser Erbschaftssache nichts unternommen werden.“ Schnell fügte Morriston hinzu: „Und ich hoffe, daß das Mädchen unversehrt zurückkehrt.“

Holmes bedankte sich bei Morriston und dessen Frau und begab sich zum White Hart, dem Pub des Ortes, wo er übernachten wollte. Eine Rückfahrt zum Fairmount Hotel bei Dunkelheit wollte er sich nicht aufbürden.

Das Zimmer im ersten Stock wirkte durch das kleine Fenster dunkel, war aber gemütlich. Das Bett war weich und hatte einen dicken Quilt, was Holmes sehr schätzte. Decken waren schwer und neigten dazu, in der Nacht zu verrutschen.

Vom Pub im Parterre drangen gedämpfte Stimmen nach oben, und Holmes beschloß, in Gesellschaft der Dorfbewohner ein Bier zu trinken. Dichter Zigarettenqualm hing über der niedrigen Stube mit den dunklen Holzbalken. Holmes zog sich mit seinem Bitter an einen der großen Tische zurück, wo ihm einige der Dorfbewohner höflich Platz machten und ihm zuprosteten.

Die Gespräche über den Verlauf des Tages, das entspannte Gelächter verebbten. Ein dunkelhäutiger Mann mit einem weißen Turban auf dem fast schwarzen Haar setzte sich auf einen Stuhl in der Mitte des Gastraumes. Er hatte ein Stück braunweiß gemusterten Stoff um seinen Körper geschlungen, einen Longji, die burmesische Form eines Sarong, wie Holmes sogleich erkannte. Auf einen zweiten Sessel stellte der Mann einen goldenen Kasten, etwa einen Meter lang und einen halben Meter breit. Der Deckel war mit zwei geheimnisvollen geflügelten Wesen geschmückt.

Der fahrende Magier entnahm diesem Behälter alle Utensilien, die er für seine Kunststücke benötigte, darunter Seile, Spielkarten und Kunstblumen, dann bat er um eine Zehnpfundnote, die ihm der Gemeindearzt von Yapton überließ.

Jetzt erst bemerkte Holmes die Anwesenheit von Dr. Simon Doncaster, der bei Krankheitsfällen auch ins Fairmount Hotel gerufen wurde. Ein extrem nervöser, schlanker Mann, Mitte vierzig, mit vollem, dunklem Haar und einer fast gelben Haut – er wirkte selbst alles andere als gesund. Holmes führte mit

Kennerblick den fragilen Zustand des Arztes auf den Genuß gefährlicher Substanzen zurück.

Zudem weckte die Tatsache, daß der Doktor in den Zaubertrick mit dem Geldschein, den der burmesische Magier vorführte, eingeweiht war, das Mißtrauen des Detektivs. Holmes kannte das Kunststück, bei dem der Zauberer einen gefälschten, wertlosen Geldschein von einem Mitspieler erhält, ihn allen möglichen Manipulationen bis hin zur Zerstörung aussetzt und schließlich eine unversehrte, echte Banknote zurückgibt.

Tatsächlich zerriß der Zauberer den Geldschein in kleine Teile, verbrannte ihn in einem Aschenbecher, entnahm ihn unter geheimnisvollem Gemurmel unversehrt der Goldtruhe und überreichte ihn Dr. Doncaster, der ihn staunend mit unsicherer Hand übernahm.

Sherlock Holmes blickte dem Zauberer lange und tief in die dunklen Augen.

Spielkartentricks beendeten die Vorführung des Wandermagiers, dann ließ er den Hut kreisen, und jeder außer Holmes warf einige Münzen hinein. Die Männer im Pub diskutierten, ob der Fremde wirklich zaubern konnte oder ob es sich um Tricks handelte.

Um halb elf verkündete der Wirt mit dröhnender Stimme, daß es Zeit sei, *Last Orders* abzugeben. Im Raum wurde es hektisch, jeder wollte noch ein Bier bestellen, um Viertel vor elf öffnete das Schankmädchen weit die Tür, so daß kühle Luft in den Gastraum strömte, und um elf dämpfte der Wirt das Licht der Petroleumlampen.

Zehn Minuten später hatte sich die Gaststube geleert, und Holmes begab sich zurück auf sein Zimmer.

Es wäre schön gewesen, so wie diese Leute an Zauberei zu glauben, dem rastlosen Verstand Ruhe zu gönnen, einer von ihnen sein zu können. Ohne die Bürden eines analytischen

Berufes. Das Bier, dachte Holmes, läßt mich melancholisch werden.

Er mußte schon geschlafen haben, als ihn das Gefühl weckte, daß er nicht allein im Zimmer war. Vorsichtig bewegte er seine rechte Hand zur Pistole, die er zwischen Matratze und hölzernes Bettgestell gesteckt hatte, und sprang mit erhobener Waffe aus dem Bett.

An der halbgeöffneten Tür stand der Zauberer aus der Gaststube, der ihn in gebrochenem Englisch flüsternd bat, ruhig zu bleiben.

„Wollen reden mit Mann."

„Und dazu dringen Sie wie ein Dieb in mein Zimmer ein", sagte Holmes in normaler Lautstärke.

„Wollen fragen, ob etwas brauchen", sagte der Mann im Sarong.

Holmes bat ihn ins Zimmer und fragte: „Was bieten Sie?"

Aus einer Falte seines Umhangs zog der Burmese ein Säckchen und schüttete etwas weißes Pulver auf den glattpolierten Schreibtisch am Fenster. Dann reichte er Holmes einen hohlen Getreidehalm. Dieser sog damit das Pulver in die Nase.

Die Wirkung setzte sofort ein. Holmes wurde von einer Welle der Wärme und des Lichts erfaßt. Es war unverschnittenes Heroin. Die weiße Göttin von Burma streckte ihren sanften Arm in das Leben des Detektivs aus, dieser aber wehrte ab.

„Vielen Dank, Mister –"

„U Phyu. Mein Name sein U Phyu."

„Ich habe derzeit keinen Bedarf."

„Aber Spende sein willkommen."

Holmes reichte dem Mann eine Zehn-Pfund-Note.

„Allen Dank der Welt, Meister", flüsterte der Burmese, der das Geld mit geübter Hand im Sarong verschwinden ließ, und er fügte hinzu: „Meister müssen nur rufen, wenn mich brauchen."

Mit diesen Worten ließ der Zauberer eine schwarze Visitenkarte mit goldenem Aufdruck in die Hand des Detektivs gleiten. Sie enthielt eine Postadresse im Londoner East End.

„Sie haben einen sehr interessanten Zauberkasten, U Phyu."

„Meine Lade. Von Urgroßvater in Mandalay."

„Ich werde darauf zurückkommen."

Der nächste Tag begann stürmisch, der Wind trieb immer mehr Regenwolken vom Meer über das Land. Als Holmes beim Hotel anlangte, sah er, daß sich in der Bucht etwas verändert hatte. Ratcliffes Schiffe waren verschwunden. Nur ein einsames Fischerboot aus der Gegend dümpelte im Wasser. Ein nicht uninteressanter Umstand, dem Holmes nachgehen wollte.

Er begab sich allein auf seinen Vormittagsspaziergang, denn Holding weilte nach Auskunft seiner Frau wieder in London.

„Da haben Sie uns etwas eingebrockt, Mr. Holmes. Mein Mann findet wegen der Kreise in den Weizenfeldern Tag und Nacht keine Ruhe mehr. Überall im Land werden neue Muster in Feldern entdeckt, und Tony meint, er sei unabkömmlich", klagte Mrs. Holding.

„Auch ich bedaure es, auf meine Spaziergänge mit Mr. Holding verzichten zu müssen", pflichtete ihr der Detektiv bei, steuerte dann die Bucht unter dem Hotel an und machte sich durch Rufen und Winken bei dem Fischer bemerkbar. Der graubärtige Mann steuerte seinen Segler zum Ufer.

„Was ist mit den amerikanischen Schiffen geschehen?" fragte Sherlock Holmes.

„Die sind Richtung Osten unterwegs."

Nach London, dachte Holmes. Im Gewühl eines geschäftigen Hafens ließen sich Menschen und Güter unbemerkt an Land bringen. Es war Zeit, Kontakt mit Scotland Yard aufzunehmen. Er wollte mehr über den Eigentümer der unter amerikanischer Flagge segelnden Yacht erfahren, und er mußte herausfinden, wo sie sich derzeit befand.

Dieses Mal wollte er sich eine Reise in die Hauptstadt ersparen und es vom Postamt in Yapton aus telefonisch versuchen. Obwohl ihm der schwarze Mackintosh Schutz gegen den stärker werdenden Regen bot, kürzte Holmes seine weitere Wanderung ab und war schon um elf zurück im Hotel, wo er auf einen Tumult im ersten Stock aufmerksam wurde.

„Verlassen Sie sofort mein Apartment", schrie Colonel Barkham jemanden an.

„Aber ich muß saubermachen", hörte er Mrs. Bromham entgegnen.

„Schnüffeln wollen Sie, nichts als schnüffeln. Saubergemacht hat hier niemand, seit Mona verschwunden ist."

Dann hallte ein Schuß durch das Hotel.

Kalkweiß im Gesicht lief Mrs. Bromham Holmes entgegen. „Er ist wahnsinnig geworden. Helfen Sie mir bitte, Mr. Holmes!"

Vorsichtig ging Holmes die Treppe hinauf zu den Apartments und klopfte an Barkhams Tür.

„Verschwinden Sie, ich warne Sie zum letzten Mal", rief dieser.

„Ich bin es, Holmes. Kann ich Sie sprechen?"

Nach einiger Zeit öffnete sich langsam die Tür. „Ich erwischte sie beim Stöbern in meiner Schreibtischlade. In diesem Haus ist nichts mehr sicher. Auf Mona war Verlaß. Aber dieses Gesindel spioniert, betrügt und stiehlt, wo es kann."

Barkham war so aufgeregt, daß er beim Sprechen spuckte.

„Erzählen Sie, Colonel! Was ist Ihnen widerfahren?"

„Ich werde dieses Hotel verlassen. Ich fühle mich nicht mehr wohl hier. Ich kann meine Zimmer selbst sauberhalten, aber sie hat einen Schlüssel und schleicht in die Wohnung, sobald ich aus dem Haus bin."

„Mrs. Bromham?" fragte Holmes.

„Ja, die Spionin."

Holmes vermied es, zu fragen, was der Colonel zu verbergen habe. Es war wichtig, daß er sich beruhigte. Alles Weitere konnte man später klären.

„Er hat auf mich geschossen", hörte man aufgeregt die Stimme von Mrs. Bromham, dann klopfte ihr Mann an die Tür zu Barkhams Apartment.

Bromham nickte Sherlock Holmes grüßend zu, dann sagte er in sehr ernstem Ton: „Wir melden den Vorfall nicht der Polizei, wenn Sie sich ärztlich behandeln lassen, Colonel. Darauf muß ich bestehen. Wir werden Dr. Doncaster verständigen."

„Einen Teufel werde ich tun", rief Mr. Barkham. „Ich will in Ruhe und ungestört hier wohnen. Und dieses Recht verteidige ich mit allen Mitteln. Schließlich bezahle ich dafür."

„Wenn Sie uneinsichtig sind, müssen Sie noch heute das Hotel verlassen", hielt ihm Bertram Bromham bestimmt entgegen.

„Ich rate Ihnen auch zu medizinischer Betreuung, Colonel. Es täte mir leid, Sie als Mitbewohner zu verlieren. Jeder Mensch kann aufgeregt sein, wenn er einen Grund dafür hat", besänftigte ihn Holmes.

„Ich habe einen Grund. Einen sehr wichtigen Grund. Und ich werde Ihnen, wenn sich die Aufregung gelegt hat, davon berichten", sagte der Colonel und fügte nach einer Pause hinzu: „Ja, ich bin bereit, mich untersuchen zu lassen. Das mit dem Schuß bedaure ich. Ich habe gegen die Decke geschossen. Zur Warnung. Den Schaden werde ich ersetzen."

Holmes und der Hotelbesitzer entfernten sich aus Barkhams

Zimmer und begaben sich ins Parterre, wo sie sich um Elizabeth Bromham kümmerten.

„Ich habe aufgeräumt wie jeden Tag, seit Mona nicht mehr da ist, da ist er ins Zimmer gestürmt und hat sich wie ein Irrer aufgeführt. Der Mann war doch früher so verträglich. Ich weiß nicht, was mit ihm los ist."

Nach dem Lunch, der diesmal eher bescheiden ausfiel, weil Mrs. Bromham noch zu verstört war, begab sich Holmes zum Postamt in Yapton, von wo aus er mit Scotland Yard telefonierte. Er bat Detective Hopkins zu überprüfen, wo in den Londoner Docks eine Yacht angelegt hatte, die einem Simon Ratcliffe aus Boston gehörte. Er beschrieb die Schiffe und erwähnte den Namen *Acacia*.

„Die Überprüfung wird in etwa einer Stunde abgeschlossen sein. Wo kann ich Sie erreichen, Holmes?" fragte der Inspector.

„Ich rufe Sie nochmals um vier Uhr an. Ich bleibe solange in Yapton."

Holmes genehmigte sich im White Hart ein Bier und las die Tageszeitungen, dann nickte er ein wenig ein.

Gegen vier ging er wieder zum Postamt.

„Die Yacht liegt seit heute in den London Docks bei Wapping. Das hat die Hafenbehörde ermittelt. Sollen wir etwas unternehmen?" fragte der Beamte von Scotland Yard.

„Die Yacht hat vermutlich Fässer mit gefährlichem biologischem Material an Bord. Es wäre wichtig, zu verhindern, daß sie die Hafenanlage verläßt. Und es besteht der Verdacht, daß auf einem der Schiffe eine junge Frau entführt wurde."

Dann betonte Holmes eindringlich, daß mit Zurückhaltung und Sorgfalt vorzugehen sei, um weiteres Unheil zu vermeiden.

Der Inspector dachte eine Weile nach, bevor er seinem alten Kollegen mitteilte: „Wir werden heute abend in einem Großeinsatz alle Schiffe des London Docks einer Kontrolle unterziehen.“

„Hervorragend. Und wann höre ich wieder von Ihnen, Hopkins?“

„Sobald Sie es wünschen, Mr. Holmes.“

Als Holmes am Abend ins Hotel zurückkam, hatte die Küche wieder zu ihrer alten Form zurückgefunden. Das Steak mit Pilzen war köstlich. Er hatte schon lange aufgehört, sich zur täglichen Gewichtskontrolle auf die Waage zu stellen. Es hatte keinen Sinn. Das Essen in dieser Gegend Englands war viel zu köstlich, um davon lassen zu können.

Barkhams Platz war leer, und Holmes erfuhr von Bromham, daß sich der Colonel freiwillig zu einer Untersuchung ins Militärspital nach Brighton begeben habe. Er sei ganz friedlich gewesen. Vermutlich hatte er ein schlechtes Gewissen.

Ohne ein Frühstück einzunehmen, reiste Holmes am nächsten Tag nach London.

Kapitel 7

M. for Murder

Stundenlang extemporierte Sherlock Holmes düstere Weisen auf seiner Stradivari. Dann wieder eilte er ziellos durch die Straßen von London.

Auf einer seiner Wanderungen durch die Stadt stachen ihm die Schlagzeilen der Abendzeitungen ins Auge, die von einem Mord an einer Frau berichteten.

„M. for Murder" stand auf dem Titelblatt des *Evening Standard*.

Im dazugehörigen Artikel las Holmes, daß man eine übel zugerichtete Frauenleiche gefunden hatte, und zwar in demselben Hauseingang an der Goulston Street, in dem vor dreißig Jahren die blutgetränkte Schürze eines der Opfer von Jack the Ripper gefunden worden war und wo jemand mit Kreide jene mysteriöse Nachricht an die Wand geschrieben hatte: „Die Juwes sind nicht die Männer, denen man die Schuld nicht anlasten kann", über die noch immer gerätselt wurde.

Der Täter hatte – wieder mit Kreide – die gleiche Botschaft an die Wand gemalt und mit M. unterzeichnet.

Holmes erinnerte sich: In jener Nacht vor über dreißig Jahren, im September 1888, war Catherine Eddowes, die sich nach dem Mann, mit dem sie seit Jahren zusammenlebte, Kate Kelly nannte, am Mitre Square im East End ermordet aufgefunden worden.

Kate lag in einer Blutlache. Ihre Kehle war durchschnitten und der Unterleib auf das Schrecklichste zerstört worden. Die Gedärme der Frau waren herausgezogen und über ihrer rechten Schulter auf das Pflaster geworfen worden. Der Mörder hatte auch ihr Gesicht verstümmelt, indem er mit einem Messer ein Auge und die Nase zerschnitt. Eine klaffende Wunde an der rechten Wange reichte bis zum Knochen. Auf der nackten Frau lag eine zerschnittene, mit Blut getränkte Schürze. Den fehlenden Teil dieses Kleidungsstückes fanden Polizisten in jenem Hauseingang in der Goulston Street. An der Hauswand über dem blutgetränkten Tuch standen die Worte: „Die Juwes sind nicht die Männer, denen man die Schuld nicht anlasten kann".

Sir Charles Warren von der Metropolitan Police wischte gegen den Willen der ermittelnden Beamten, die die Kreideinschrift zumindest fotografieren wollten, diese Botschaft des Rippers von der Wand. Angeblich, damit es zu keinen antisemitischen Ausschreitungen komme. Juwes und Jews seien sehr ähnliche Wörter. Natürlich löste gerade diese Anweisung des Polizeichefs nicht enden wollende Vermutungen und Verdächtigungen aus.

In der Nacht vom 8. auf den 9. November 1888 fiel eine weitere Frau namens Mary Ann Kelly dem Ripper zum Opfer. Auch diese Frau, deren Leiche man in ihrem Zimmer in Miller's Court 13 fand, war verstümmelt worden. Der Mörder hatte ihr beide Brüste abgeschnitten.

Holmes überflog den Artikel in der Abendzeitung und war alarmiert. Die Beschreibung der ermordeten Frau, ihr Alter und die Kleidung, die sie trug, hätten auch auf Mona Hatfield zutreffen können.

Von einem Postamt rief Holmes Detective Stanley Hopkins an. Der bat ihn, in den Yard zu kommen und bei der Identifizierung der Frau zu helfen.

Obwohl sich die beiden Männer über das Wiedersehen nach all den Jahren freuten, drückte der Grund für das Treffen ihre Stimmung.

„Wie geht es Ihnen, Inspector? Sie schauen gut aus“, stellte Holmes fest.

„Wenn man bedenkt, mit welch grauenhaften Dingen wir jeden Tag konfrontiert sind, wundert es mich selbst, wie gut es mir geht“, bestätigc Stanley Hopkins. Und mit einem Blick auf Holmes setzte er fort: „Das Landleben scheint Ihnen auch gut zu tun, Sie wirken etwas gesetzter als früher.“

„Beleibter, meinen Sie, Hopkins. Sie müssen mich nicht schonen. Obwohl mich die verseuchten Felder, und besonders das Verschwinden von Miss Hatfield, beileibe nicht gleichgültig lassen.“

Der Detective führte Holmes in den Kellerbereich des C. I. D., des Criminal Investigation Department, wo Coroner Dr. Willows, der führende Polizeimediziner, die Autopsie an der Ermordeten vorgenommen hatte.

Auf dem Steintisch lag der geöffnete Körper eines jungen Mädchens. Alle wichtigen inneren Organe waren der Leiche entnommen worden. Auch der Kopf des Mädchens war nicht vorhanden.

„Was fehlt?“ fragte Holmes den Mediziner.

„Wie darf ich Ihre Frage verstehen?“ antwortete dieser mit einer Gegenfrage.

„Welche Teile des Körpers haben Sie entnommen, und was fehlt?“ präzisierte Holmes ärgerlich.

„Das Mädchen wurde enthauptet“, sagte der Polizeimediziner.

„Ihr Kopf konnte noch nicht gefunden werden“, fügte Detective Hopkins hinzu.

Holmes trat nahe an den Seziertisch heran und betrachtete jede Einzelheit des Körpers, besonders die Hände des jungen Mädchens.

„Wie wurde der Kopf abgetrennt?“ fragte er dann.

„Wie meinen Sie das?“

Sherlock Holmes antwortete knapp: „Wie ich es sage."

Detective Hopkins wandte sich an den Arzt: „Sie können Mr. Holmes detaillierte Auskunft erteilen. Er ist absolut vertrauenswürdig."

„Der Kopf wurde vermutlich mit einem scharfen Messer entfernt, wie man es zum Töten von Tieren benutzt."

„Oder mit medizinischem Gerät", ergänzte Holmes.

„Wenn Sie es besser wissen, kann ich es mir ja ersparen –"

Scharf fuhr ihn Holmes an: „Es geht hier nicht um Ihre privaten Gefühle, sondern um Fakten in einem wichtigen Fall."

Dann verließ er den Raum.

Als ihn Detective Hopkins auf eine kleine Erfrischung einladen wollte, lehnte Holmes dankend ab: „Ich bin jetzt nicht in der Stimmung dafür."

Den Rest des Tages schloß er sich in seine Zimmer in der Baker Street ein und spielte auf der Violine. Die Melodien waren so melancholisch, daß Miss Lomax es nicht wagte, an die Tür zu seiner Wohnung zu klopfen und ihn zu fragen, ob er speisen wolle.

Erst am nächsten Morgen ließ er sich ein Frühstück bringen, dann begab er sich in die City. In den Nebengassen der Regent Street besuchte er Kunsthändler und erkundigte sich nach Werken von Walter Sickert. Entweder kannte man einen Maler dieses Namens nicht, oder man sagte, daß seine Gemälde nur auf Bestellung und zu horrenden Preisen zu bekommen seien. Sickert war als Geheimtip in Mode gekommen, wegen seiner „dunklen" Bilder, jener Gemälde, die undeutlich, aber doch erkennbar, Opfer von Jack the Ripper zeigten.

Auch dreißig Jahre nach den Morden an Prostituierten im Londoner East End war die makabre Faszination an allem, was damit im Zusammenhang stand, ungebrochen. Sogar Führungen zu den Schauplätzen der Verbrechen wurden angeboten.

Von einem Treffen mit Inspector Abberline, der damals mit dem Fall betraut war, erhoffte sich Holmes mehr Klarheit. Die beiden Männer hatten sich im Zuge der Ermittlungen zu Giftmorden, hinter denen ein Milchmann stand, der sich an wohlhabende, alleinstehende Kundinnen und deren Vermögen herangemacht hatte, persönlich kennengelernt.

Der Detektiv nahm einen der Untergrundzüge nach Clapham, wo Chief Inspector Frederick George Abberline in der Mayflower Road 41 ein bescheidenes Reihenhaus bewohnte.

Abberline war alt geworden, achtundsiebzig Jahre alt, doch sein Lächeln, als er Holmes empfing, war unverändert. Er trug auch noch den Backenbart, der das Kinn freiließ. Freilich waren der Bart und das spärliche Haupthaar weiß geworden. Und Abberline ging am Stock.

„Holmes! Eine Freude, Sie zu sehen. Was führt Sie zu mir?"

„Mein lieber Abberline, als ehemaliger Chief Inspector ahnen Sie das gewiß."

„Der alte Fall natürlich, der mich ein Leben lang verfolgt: Jack the Ripper", vermutete Abberline.

„So ist es. Ich habe einige Fragen, und ich sichere Ihnen absolute Verschwiegenheit zu."

„Es gibt nichts Neues zu berichten", sagte Frederick Abberline. „Ich habe über den Mord in der Goulston Street gelesen, aber ich bin im Ruhestand und in die Ermittlungen nicht eingebunden. Darf ich Ihnen Tee anbieten?"

Nach einigen privaten Worten – Abberline erzählte vom Tod seiner Frau im Vorjahr, der sein Leben traurig und einsam gemacht hatte – fragte Holmes direkt: „Wissen Sie, wer Jack the Ripper war?"

Abberline schmunzelte. „Ja, ich weiß es. Aber ich bin zum

Schweigen verpflichtet. Es muß aus mehreren Gründen geheim bleiben.“

„Gut. Auch ich habe eine Vermutung, und ich weiß von einigen der Gründe, warum wichtige Umstände der Morde geheimgehalten werden.“

„Und zwar?“ fragte Abberline.

„Der Mörder hatte einige schriftliche Hinweise zu seinen Taten hinterlassen. Die Inschrift: ‚Die Juwes sind nicht die Männer, denen man die Schuld nicht anlasten kann’ an der Wand der Goulston Street hat Sir Charles Warren, der Chef der Metropolitan Police, persönlich entfernt, noch bevor man Fotos davon machen konnte. Kurz darauf kündigte er und flüchtete in den Burenkrieg.“

„Und weil er Freimaurer war, nämlich Meister der Loge Quatuor Coronati, meinte man, er wolle davon ablenken, daß die Morde von Freimaurern begangen wurden“, ergänzte Abberline.

„Freimaurer wie Sie, Inspector“, wandte Holmes ein.

Abberline lächelte und schwieg, und Holmes fuhrt fort: „Die alte Geschichte von den Mördern des Baumeisters Hiram, deren Namen alle mit den Buchstaben Ju… begannen.“

„Und die ihren Mord auf ähnliche Weise ausführten.“

„Oder ein Hinweis auf einen jüdischen Täter. Jews. Kurzum“, faßte Holmes zusammen, „jemand wollte den Verdacht auf die Juden oder die Freimauer oder schlauerweise gleich auf beide lenken, da sich Vorurteil und Verdacht leicht an ihnen festmachen lassen. Acht Jahre vor den Ripper-Morden war der erste jüdische britische Premierminister gestorben, und Mitglieder des Königshauses waren Freimaurer. Mit Verdächtigungen in diese Richtung konnte man das Land destabilisieren. Die entscheidende Frage, auf die die Öffentlichkeit noch immer keine Antwort hat, ist die Frage nach dem tatsächlichen Täter hinter den Morden von Jack the Ripper. Ich könnte mir vorstellen, daß Ihr Wissen und meine Vermutung in dieselbe Richtung gehen, Inspector."

„Wir haben dasselbe Wissen", sagte der Inspector lächelnd. „Nur Sie sind offenbar unsicher geworden." Er erhob sich mühsam von seinem Lehnstuhl und humpelte aus dem Zimmer. Nach einiger Zeit kehrte er mit einem in schwarzes Leder gebundenes Buch wieder, das dem von Stephen Moriarty ähnelte, nur daß es wesentlich umfangreicher war.

Als Holmes zu blättern begann, erkannte er dieselbe Handschrift.

„Es wäre mir wichtig, das Buch im Detail zu lesen. Ich würde es gerne –"

„Sie können es hier lesen, Holmes. Seit dem Tod meiner Frau habe ich mehr Zeit, als mir lieb ist. Ich kann Ihnen leider nicht gestatten, das Buch außer Haus zu bringen. Es ist mir zu wichtig."

„Und das Kästchen?" fragte Holmes.

Inspector Abberline schaute überrascht auf. „Welches Kästchen?" fragte er dann.

„Die Nachbildung der Bundeslade, in der das Buch aufbewahrt wird", präzisierte Holmes.

Abberline lächelte wieder und schwieg.

„Also kein Kästchen", befand Holmes.

„Nicht, daß ich nicht ‚nein' sagen könnte", lautete Abberlines Antwort.

Holmes setzte sich in den weichen Lehnstuhl, den der pensionierte Inspector ihm anbot, und vertiefte sich in den Inhalt des schwarzen Buches.

Als er sich nach Stunden ächzend erhob, bedankte er sich und sagte zu Abberline, er werde nun als nächstes die Bibliothek des British Museum aufsuchen, um etwas mehr über die Juwes in Erfahrung zu bringen.

„Seit wann befindet sich das Buch in Ihrem Besitz, Abberline?“ fragte Holmes im Gehen.

„Seit – warten Sie – seit vier Jahren.“

„Das trifft sich mit meinen Überlegungen.“

„Viel Glück“, wünschte ihm der Inspector. „Sie werden es brauchen können.“

Holmes war dem Mann am Eingang zum Lesesaal des British Museum noch so gut bekannt, daß er nicht einmal seine Lesekarte als Eintrittsermächtigung vorweisen mußte.

Lange hatte der Detektiv nicht in dem kreisrunden Teil des Museums gesessen, aber er fühlte sich schnell wieder heimisch. Durch die Doppelbögen der Fenster in der Kuppel fiel gedämpftes Licht auf die darunter angebrachten Bücherregale und in das Zentrum des Saals, in dem sich in einem kleineren Kreis der Arbeitsplatz der Bibliothekare befand. Über einen Gang transportierten sie auf Wagen die Bücher, die sie zum Teil auf Leitern aus den Stellagen holten, und hielten sie für die Leser bereit. Die Plätze der Besucher waren als zusammenhängende Kreissegmente angebracht. Auf jedem Tisch stand eine elektrische Lampe. Holmes legte seine Aktentasche vor sich ab und begab sich mit Stift und Notizblock zum Katalogstisch, auf dem in dicken Bänden die Bücher der Bibliothek nach Verfassern und Stichworten festgehalten waren.

Als er das Gewünschte gefunden hatte, beauftragte er den weißhaarigen Bibliothekar im grauen Arbeitsmantel, ihm die Bücher bereitzustellen. In der Wartezeit sah er sich die anderen Benutzer der Bibliothek genauer an. Von den fünfzehn Lesern – der Saal war um diese Zeit fast leer – interessierte ihn am meisten ein junges Mädchen, das ihn in ihrem Aussehen an Mona erinnerte.

Holmes war klar, daß in den letzten Tagen fast jedes junge Mädchen, das er irgendwo erblickte, Erinnerungen an die verschwundene Mona weckte. Sie war ihm in seinem Exil in den South Downs wichtiger geworden, als er sich eingestehen wollte. Ihm war klar, es bestand noch Hoffnung, daß Mona am Leben war; aber es war keine Zeit zu verlieren, wenn sie gefunden und in Sicherheit gebracht werden sollte. Dazu würden auch seine Recherchen im Museum dienen.

Das helle Läuten einer der Messingglocken der Bibliothekare unterbrach die völlige Stille, die in diesem Saal herrschte, und ließ Holmes in das Zentrum des Raumes blicken. Der Mann, der für Holmes die Bücher aus den Regalen geholt hatte, gab ihm ein Zeichen, und der Detektiv nahm einen Stapel Bücher in Empfang.

Er wollte vor allem Material über die Mörder des ersten großen Freimaurers, des Erbauers des Tempels von Jerusalem, studieren – und wurde fündig.

Als König Salomon einen großen Tempel bauen ließ, beauftragte er den Baumeister Hiram Abif mit Planung und Ausführung des Gotteshauses. Sieben Jahre vergingen, bis das große Werk vollendet war. Hiram beschäftigte achtzigtausend Steinmetze. Siebzigtausend Träger transportierten die Steine. Der Tempel wurde mit Holztafeln ausgekleidet, in die phönizische Künstler Pflanzenornamente schnitzten und diese mit Goldblech überzogen.

In den Tempel ließ Salomon die Bundeslade bringen, ein geheimnisvolles jüdisches Heiligtum, ähnlich dem Gral. Manche Quellen behaupten sogar, der Gral und die Bundeslade seien ein- und derselbe Gegenstand.

Über den Inhalt der Bundeslade wird viel gerätselt. Man-

che Quellen berichten, er sei göttlichen Ursprungs und möglicherweise identisch mit den Tafeln der Gebote, die Moses den Menschen übergeben hatte, gefertigt. Jedenfalls war der tragbare Kasten aus vergoldetem Akazienholz das zentrale Heiligtum der Juden, ein Vermächtnis Gottes.

An den Seiten des Schreins befanden sich vier Ringe, durch die Tragestangen gesteckt werden konnten. Auf dem Deckel thronten zwei Wesen, halb Mensch, halb Tier, die den Inhalt mit ihren weit ausgebreiteten Flügeln beschützten.

Wie das Kästchen von Stephen Moriarty, das offenbar eine Miniaturausgabe der Bundeslade ist, überlegte Holmes. Mit einem Vermächtnis als Inhalt. Einem negativer Art.

Er las weiter.

Baumeister Hiram teilte die Arbeiter beim Tempelbau in drei Gruppen, in Lehrlinge, Gesellen und Meister, den Graden der späteren Freimaurerlogen entsprechend, die einen je nach Rang unterschiedlichen Lohn erhielten.

Drei Gesellen, die wegen ihrer Namen ‚Juwes' genannt wurden – Jubela, Jubelo und Jubelum – waren unzufrieden, sie wollten den Lohn der Meister bekommen und Hiram zwingen, ihnen das geheime Wort, mit denen sich die Meister als solche identifizierten, zu verraten.

Mit Gewalt versuchten die drei Männer von dem Baumeister dieses geheime Wort zu erpressen, aber ohne Erfolg. Hiram schwieg, obwohl es seinen Tod bedeutete.

Heimlich begruben sie den gemarterten und schließlich zerstückelten Mann, in der Hoffnung, die Tat würde nicht entdeckt werden, dann flüchteten sie. Als man den Leichnam nach Tagen intensiver Suche fand und ihn aufrichtete, erzeugte die den Lungen entweichende Luft einen Laut, der sich wie ‚Makbenak' anhörte, was so viel heißt wie ‚Das Fleisch löst sich von den Gebeinen'. Dieses Wort wurde das neue Geheimzeichen, mit dem sich die Meister von nun an zu erkennen gaben.

Die drei Juwes wurden nach ihrer Festnahme auf dieselbe Weise hingerichtet, wie sie Meister Hiram mit ihren Arbeitsgeräten getötet hatten.

In einem der Manuskripte fand Holmes tatsächlich Parallelen zu der Art, wie die Prostituierten im East End umgebracht und verstümmelt worden waren: Während die Hinrichtung von Jubela nur oberflächlich beschrieben wurde, las Holmes, daß der Bauch des Gesellen Jubelo aufgeschlitzt wurde und daß man seine Gedärme herausriß. Jubelum entfernte man Herz, Gedärme und Zunge und schnitt ihm Arme und Beine ab.

In einem Text aus dem Jahre 1760, der sich *Three Distinct Knocks* nennt, wurde Jubela die Kehle durchschnitten, Jubelo das Herz entnommen und Jubelums Körper zweigeteilt.

Für den frühen Nachmittag verabredete sich Holmes mit Inspector Stanley Hopkins im Speiseraum des Atheneum Club.

Holmes und Hopkins nahmen ein wie immer köstliches Mittagsmahl ein, tranken dazu kühlen Weißwein und kamen erst nach dem Dessert zur Sache. Und die war unangenehm genug.

„Bei der Durchsuchung des London Docks“, berichtete der Inspector, „konnten unsere Beamten nichts Außergewöhnliches entdecken. Ihre Information, daß die Yacht einem Amerikaner gehört, war nicht zu verifizieren.“

„Wer also ist der Eigentümer?“ fragte Holmes.

„Einflußreiche Leute“, antwortete der Inspector verlegen lächelnd.

„Damit kann ich mich nicht begnügen“, entfuhr es Holmes unwillig.

„Es gibt in England“, begann der Inspector, „seit jeher eine Gruppe von Mächtigen, die die Könige und das Parlament kontrollieren. Diese Leute haben mehr als ausreichend Geld und Einfluß. Im positiven Fall sind sie ein Rat der Weisen, der einen schwachen König stützen kann.“

„Und im negativen Fall ein Staat im Staat, ein nicht kontrollierter Geheimdienst“, fügte Holmes hinzu.

„Nicht ganz. Ich spreche vom Oberhaus des Parlaments, vom House of Lords.“

„Wahrlich eine Gruppe von Männern von erheblichem Einfluß auf das Land. Der Machtkampf zwischen Charles I. und den Lords endete immerhin mit der Hinrichtung des Königs.“

„Zum Beispiel“, meinte der Inspector. „Damit war ein für alle mal klar, wer das Sagen hatte. Und mit Ihrer Bemerkung über einen Geheimdienst haben Sie nicht so unrecht, Holmes. Natürlich braucht eine Gruppe, die die eigentliche Macht ausübt, Informationen. Wie gesagt, es kann sein Gutes haben, wenn ein Schwachsinniger König des Landes ist und die Lords das Wohl des Landes im Auge haben.“

„Es kann aber auch anders sein.“

„Sie sagen es, Holmes. Es gibt nicht Schwarz und Weiß, nicht Gut und Böse. Die Grenzen sind nicht klar definiert.“

„Das heißt“, präzisierte Holmes, „die Yacht gehört den Lords, und Ihre Männer hatten keinen Zutritt zu den Schiffen.“

„Die Yacht gehört nicht den Lords“, korrigierte der Inspector.

„Sie gehört dem Geheimdienst der Lords“, sagte Holmes.

„Nein, nein, auch nicht. Sie gehört einer obskuren Gruppe, die aus einer Splittergruppe der Lords hervorgegangen ist. Eine Sache, die, weil sie so heikel ist, nie wirklich untersucht werden durfte.“

„Und wo ist die Yacht, die dieser mysteriösen Gruppe gehört, im Augenblick?“

„Die Yacht ist unterwegs. Die Themse aufwärts, zu ihrem Heimathafen.“

„Und der befindet sich wo?“

„Vor Selford Castle.“

„Das ist bei Twickenham. Ich werde der Sache nachgehen“, meinte Sherlock Holmes bestimmt.

„Seien Sie vorsichtig, Mr. Holmes. Ich hatte schon lange kein so schlechtes Gefühl bei Ermittlungen wie in diesem Fall. Die Sache ist gefährlich. Lebensgefährlich. Auch für einen Könner wie Sie.“

Kapitel 8

Order of the Ark

Vom Parlamentsgebäude nahm Holmes früh am nächsten Morgen einen Dampfer zur Eel Pie Island bei Twickenham. Wegen der Kälte und des Regens war er gezwungen, während der Reise in der Passagierkabine zu bleiben.

Bei der Fahrt flußaufwärts verschwanden allmählich die Industrie- und Hafenanlagen, dafür standen kräftige Bäume an den Ufern. Unzählige Schwäne und verschiedene Entenarten bevölkerten das hier noch saubere Wasser der Themse.

An jeder der zahlreichen Anlegestellen verließen Passagiere, mit wasserdichten Mänteln gegen den Regen geschützt, das Schiff.

Holmes trank Tee und las die Morgenzeitungen.

Die Artikel über Kreise in den Kornfeldern waren nicht nur von den Titelblättern verschwunden. An diesem Morgen fand er auch im Inneren der Blätter keinen einzigen Hinweis auf dieses Phänomen. Dafür gab es zahlreiche Berichte zum Frauenmord im East End.

An der Eel Pie Island stieg Holmes aus und machte einen kleinen Abstecher zu dem Pub, das der Insel den Namen gegeben hatte. Es war berühmt für seine Pasteten, die mit geräuchertem Aal aus dem Fluß gefüllt waren. Aber Holmes war nicht nach Aal zumute. Er nahm eine gut gewürzte Schweinefleischpastete und ein Bier zu sich.

Über die Holzbrücke wanderte er zum Festland hinüber, in Richtung Selford Castle. Der Regen hatte nachgelassen, es war heller und freundlicher geworden.

Die Sträucher und Bäume am Ufer trugen erste hellgrüne

Blätter. Wo der Lee in die Themse mündete, befand sich eine Schleusenanlage und rechts davon, hinter den alten Bäumen des großen Parks, war das fast orangefarbene Sandsteingemäuer von Selford Castle zu erkennen. Trotz der freundlichen Farbe wirkte das mächtige zweistöckige Gebäude mit den Schießscharten unter dem Dach ziemlich abweisend.

Durch die Sträucher am Ufer des Lee leuchtete auch das Weiß mehrerer Schiffsrümpfe, die in dem kleinen Privathafen angelegt hatten. Die Frage für Holmes war, wie er in das mit einer Mauer umgebene Hafengebiet eindringen und wo er Auskünfte über die Besitzer der Yacht einholen konnte.

Für ein Schwimm- oder Kletterabenteuer war er mit seinen siebenundsechzig Lenzen zu alt. Und auch in jüngeren Jahren hatte er lieber seinen Intellekt als seine Fäuste und Muskeln zur Lösung eines Falles eingesetzt, wobei er ein hervorragender Sportler war und das eine das andere nicht ausschloß. Doch jede Festung hat eine Schwachstelle. Und diese herauszufinden, war für Holmes eine anregende Herausforderung.

Auf Pfaden, die die Schleusenanlage und den Fluß entlangführten, erkundete Holmes die Umgebung des Parks und des Schlosses. In einiger Entfernung ging das ebene Tal der Themse und des Lee in eine hügelige Landschaft über. Von dort versprach sich Holmes eine bessere Sicht auf das Gelände.

Die Aussicht auf den Fluß und das ferne London und der Überblick über große Teile des Anwesens von Selford Castle entschädigten den Detektiv für die Anstrengung des Aufstiegs.

Deutlich sah Holmes die vier Schiffe im Hafen. Auch das Schloß war gut zu erkennen. Von einem der Schornsteine stieg Rauch auf, mehrere Automobile parkten vor dem Gebäude.

Mit seinem Zeiss-Fernglas, das er nun dem Überzieher entnahm, konnte Holmes die Aufschrift *Acacia* auf einem der Schiffe erkennen.

Noch etwas fand er höchst bemerkenswert: Inmitten des baumbestandenen Parks lag ein großes Getreidefeld. Und auch dieser Weizen hatte eine unübliche Farbe. Er schimmerte silbern.

Genau in dieser Richtung sah Sherlock Holmes auch das Mündungsfeuer eines Gewehrs und warf sich zu Boden.

Schon hörte er die aufgebrachte Stimme eines Mannes: „Verschwindet von meinem Land, perverses Gesindel, verdammtes!"

Holmes erhob sich und ordnete seine Kleidung. „Mein Name ist Sherlock Holmes, ich –"

„Was haben Sie hier zu suchen? Noch ist das mein Grund und Boden. Und glauben Sie ja nicht –", wütete der Mann weiter.

„Mein Name ist Sherlock Holmes, ich bin beruflich unterwegs und –"

„Das würde mich aber wirklich interessieren, welchen Beruf Sie ausüben. Seit in Selford Castle dieser Wahnsinnige haust, treibt sich allerlei Gesindel in unserer Gegend herum."

„Ich versichere Ihnen, daß ich nicht zu Selford Castle gehöre. Ich bin Detektiv und versuche im Lauf von Ermittlungen herauszufinden, was es mit den Bewohnern dieses Schlosses auf sich hat."

Der etwa sechzigjährige, untersetzte Mann im olivgrünen Jagdanzug, der ein Fernglas umgehängt hatte und in der Rechten eine Lee-Enfield-Büchse hielt, stutzte, dann sagte er zögernd: „Dann entschuldigen Sie, Mister –"

„Sherlock Holmes. Vielleicht können Sie mir bei meinen Ermittlungen gegen die Leute von Selford Castle beistehen."

„Nichts lieber als das. Endlich geschieht etwas. Kommen Sie doch mit ins Haus!"

Die beiden Männer marschierten Richtung Norden, bis sie Holbrook Hall, einen mit Efeu bewachsenen Backsteinbau, erreichten.

Die zierliche Lady Holbrook blickte besorgt auf ihren Gatten, war jedoch erleichtert, als sich dieser seinem Begleiter gegenüber äußerst zuvorkommend verhielt.

„Mein Mann“, erklärte sie, „hat den Nachbarn auf Selford Castle den Krieg erklärt. Und ich mache mir wirklich Sorgen, daß er sich zu einer unbesonnenen Tat hinreißen lassen könnte.“

„Mr. Holmes ist Detektiv. Er ist diesen verrückten Verbrechern auf der Spur“, verkündete Sir Alfred Holbrook nicht ohne Genugtuung, verstummte aber sofort, als das Hausmädchen, eine junge Frau mit leuchtenden Augen und gesunden roten Wangen, dampfenden Tee und ein paar Sandwiches in den gemütlichen Speisesaal des Anwesens trug.

Holmes war froh über die Erfrischung und spürte, wie sich eine angenehme Müdigkeit in seinem Körper ausbreitete.

„Sie waren sicher den ganzen Tag unterwegs, Mr. Holmes“, sagte Lady Holbrook. „Wenn Sie sich in unser Gästezimmer zurückziehen wollen? Sie sind uns herzlich willkommen.“

„Das ist außerordentlich freundlich von Ihnen, aber ich werde mir ein Zimmer in einer Pension nehmen, ich –“

„Nein, bitte, Mr. Holmes, es ist uns eine außerordentliche Freude, einen Gast zu haben. Es wird einsam hier auf dem Land“, ergriff nun auch Sir Alfred Holbrook das Wort.

„Vielen Dank. Das ist sehr liebenswürdig. Unter diesen Umständen nehme ich Ihr Angebot gerne an.“

„Doch nun erzählen Sie, Mr. Holmes, was Sie über die Leute von Selford Castle in Erfahrung bringen konnten“, bat Holbrook.

„Der Grund meiner Reise in Ihre reizvolle Gegend hat mit dem Verschwinden eines jungen Mädchens zu tun und mit einer sehr ernsten politischen Angelegenheit“, begann der Detektiv vorsichtig.

„Da sind Sie richtig bei uns. Endlich wird gegen diese Verrückten vom Schloß ermittelt. Sie glauben gar nicht, wie oft ich bei der Polizei war, aber man ignoriert meine Bedenken."

„Was beunruhigt Sie so?"

„Als die Selfords unsere Nachbarn waren, war hier alles in Ordnung. Das waren noble, anständige Leute, die wußten, wie man ein Schloß bewohnt. Leider verkauften sie und zogen nach London. Im Alter war ihnen das Landleben zu anstrengend geworden. Und die Käufer sind diese Wahnsinnigen."

„Wann war das?"

„Noch vor dem Krieg, 1911/12, schätze ich."

„Wer erwarb das Anwesen?"

„Diese Perversen, diese Wahnsinnigen. Ich finde keine Worte in Anwesenheit einer Dame." Lady Holbrook lächelte, und ihr Mann fuhr fort: „Obskure Leute, ohne Ausnahme. Ein Orden, wie sie sich nennen. – Ich habe Material über sie gesammelt." Mr. Holbrook ging zu seinem Schreibtisch und zog einen dicken Aktenordner, den er groß mit den Worten *Order of the Ark* beschriftet hatte, aus einer der Laden.

„Der Orden von der Arche. Vermutlich der Arche Noah", brummte Sir Alfred. „Die Bibel scheint diese Wahnsinnigen besonders zu inspirieren."

„Ark steht auch für Bundeslade. Ark of the Covenant. Orden von der Bundeslade, möglicherweise", wandte Holmes ein und wiederholte geduldig seine Frage an Alfred Holbrook: „Was ist so schlimm an diesen Leuten?"

„Alles! Sie haben Geld und Macht und sind pervers und skrupellos."

„Könnten Sie mir das genauer erklären?"

„Sicher", rief Sir Alfred, der immer aufgebrachter wurde, je mehr er erzählte. „Sie feiern pseudoreligiöse Feste und hüpfen nackt durch die Gegend. Und dann bespringen sie einander von hinten."

„Mäßige dich, Alfred“, bat Lady Holbrook.

„Ob Mann oder Frau, ist ihnen egal.“

„Ich habe meinem Mann immer wieder gesagt, er soll die neuen Nachbarn ignorieren. Sie tun uns nichts, und was sie miteinander treiben, ist ihre Sache“, unterbrach ihn Lady Holbrook.

„Nein, so sehe ich das nicht“, erwiderte ihr Mann. „Wir haben eine Verantwortung für unser Land. Mir ist nicht alles egal, was in England geschieht.“

„Aber du mußt nicht den ganzen Tag mit Fernglas und Gewehr durch die Gegend wüten.“

„Meine Frau und ich haben in dieser Sache unterschiedliche Auffassungen“, meinte Sir Holbrook bedauernd.

„Und was ist Ihre Auffassung?“ versuchte es der Detektiv erneut, zu einer brauchbaren Information zu kommen.

„Das unappetitliche Spektakel, die Verkehrung aller Werte, die Verspottung der Religion, muß beendet werden. Wenn nötig mit Gewalt. So ein Geschwür breitet sich aus und tötet alles Gesunde.“

„Ich glaube, daß Sie recht haben. Nur bitte ich Sie, nichts zu unternehmen, was Sie und Ihre Familie gefährden könnte. Ich bin der Meinung, daß es sich um eine riskante Sache handelt. Ich werde der Angelegenheit auf den Grund gehen und mit Ihnen in Kontakt bleiben. Seien Sie bitte geduldig und vor allem vorsichtig.“

Sir Holbrook nickte zufrieden, weil endlich jemand seine Bedenken ernst nahm.

„Und was haben Sie über den Orden in Erfahrung bringen können?“ erkundigte sich Holmes.

„Ihr Symbol ist ein silberner Akazienzweig auf schwarzem Grund“, begann Holbrook.

„Acacia, die Akazie, ist auch der Name der Yacht“, meinte

Holmes bedächtig und fügte hinzu: „Das Material, aus welchem die Bundeslade besteht."

„Sehen Sie, was ich meine. Diese Leute nehmen hemmungslos religiöse Symbole und entweihen sie. Ich komme nun zu einer sehr schmerzlichen Angelegenheit. Sie betrifft unseren Sohn."

Lady Holbrook unterbrach Ihren Mann: „Und das ist der eigentliche Grund für den Zorn meines Mannes. Auch ich bin seit diesen Vorfällen beunruhigt. Aber wir haben die nötigen Handlungen gesetzt, und das genügt in meinen Augen."

Als ob seine Gemahlin nichts gesagt hätte, fuhr Sir Holbrook unbeirrt in seiner Rede fort: „Unser Sohn Leonard war bei denen eingeladen. Wir hatten am Anfang keine Bedenken, daß er sie besuchte, weil wir noch nichts von ihren Umtrieben wußten." Nun wurde er laut: „Diese Verbrecher haben versucht, ihn zu korrumpieren. Sie verstehen, Mister Holmes, junge Leute sind auf der Suche –"

„Kann ich Ihren Sohn sprechen?"

„Lenny ist im *Le Rosey*, einem Schweizer Internat. Wir mußten ihn in Sicherheit bringen. Und ich hoffe, er ist noch zu retten."

„Was hat Ihnen Ihr Sohn über die Nachbarn erzählt?"

„Der Verrückteste von ihnen heißt Crowley. Aaron Crowley, ein hemmungsloser, machthungriger Mensch, der alle um sich herum krank und unglücklich macht. Und immer wieder muß die Bibel herhalten für die verrücktesten Verdrehungen dieses Teufels."

„Darf ich Ihnen ein Glas Whisky anbieten, Mister Holmes?" unterbrach Lady Holbrook den Redeschwall ihres Mannes.

„Gern, aber ohne Eis, bitte", sagte Holmes.

Die Lady läutete, und das Hausmädchen brachte bald den Whisky.

„Gibt es eine Möglichkeit, unbemerkt in den Park von Selford Castle zu gelangen?“ wollte Holmes nach einer Weile wissen.

Sir Holbrook wartete, bis das Hausmädchen den Raum verlassen und die Tür hinter sich geschlossen hatte.

„Ja, dank Anne ist uns ein solcher Weg bekannt“, sagte Sir Holbrook.

„Aha“, sagte Holmes, „das Mädchen hat Beziehungen zu den Nachbarn.“

„Das kann man wohl sagen. Das naive Ding ist in die Klauen dieser Hemmungslosen geraten und ihnen hörig geworden. Wir überlegen schon, ob wir sie noch weiter beschäftigen können.“

„Sie ist tüchtig und macht ihre Arbeit wie immer“, warf Lady Holbrook ein. „Ich sehe keinen Grund –“

„Jedenfalls eilt sie fast jede Nacht wie eine läufige Hündin hinüber ins Schloß. In Fischerstiefeln watet sie durch den Bach, der unter der Mauer durchfließt.“

„Mein Mann ist ihr einmal gefolgt“, erklärte Lady Holbrook.

„Ich will mir gar nicht vorstellen, was das Mädchen mit sich anstellen läßt“, klagte Sir Holbrook.

Es scheint ihr jedenfalls nicht zu schaden, dachte Sherlock Holmes und sagte zu den Holbrooks: „Das Getreidefeld, das sich im nördlichen Teil des Parks befindet, ist mit einem gefährlichen Pilz befallen. Es ist nötig, die Öffentlichkeit rechtzeitig, das heißt, noch bevor sich die Seuche ausbreiten kann, darauf aufmerksam zu machen. Es gab ähnliche Fälle in Sussex –“

„Die Kreise in den Feldern“, sagte Lady Holbrook. „Ich las in der Zeitung darüber.“

„Einige Weizenfelder in Sussex waren mit diesem Pilz verseucht. Eine Übertragung der Pflanzenkrankheit auf andere Felder hätte eine Katastrophe für die Nahrungsversorgung des Landes bedeutet. Ich mußte eine Strategie entwickeln, diesen Plan zu durchkreuzen“, erklärte Holmes.

„Ich habe immer gewußt, daß diese Leute etwas aushecken“, sagte ihr Gatte.

„Es war wichtig, dem Gegner gegenüber im Verborgenen zu bleiben und doch seine Kreise zu stören. In diesem Fall mit Kreisen.“

„Sie deuten an, daß Sie hinter den Kreisen in den Getreidefeldern stecken, Mr. Holmes“, vergewisserte sich Lady Holbrook.

„Ohne die Presse, die Berichte über die geometrischen Muster in den Feldern brachte, wäre die Öffentlichkeit nicht auf das befallene Getreide aufmerksam geworden. Die Behörden waren gezwungen, der Sache nachzugehen, erkannten die Gefahr, die von der Pilzverseuchung ausging, und ließen den Weizen vernichten.“

„Und Sie blieben in Deckung“, sagte Sir Holbrook.

„Aber wie haben Sie diese Kreise in den Feldern erzeugt?“ wollte Lady Holbrook wissen. „Ich sah Fotos in der Times und kann mir überhaupt nicht vorstellen, wie man so etwas macht.“

„Ich werde Ihnen demonstrieren, wie die Muster in die Felder kommen“, verhieß der Detektiv. „Wir haben, wie gesagt, auch im Park von Selford Castle ein solches Feld, auf das die Öffentlichkeit aufmerksam gemacht werden muß. Also werden wir auch in diesem Feld unsere Kreise ziehen. Die Zahl der Eingeweihten ist aber so klein wie möglich zu halten.“

Lady Holbrook strahlte: „Die Schwestern der Sonne werden uns dabei helfen.“

„Wer ist das?“ erkundigte sich Holmes.

„Die Tanzgruppe unserer Gegend. Lauter alte Hennen, die sich wichtig machen“, brummte Holbrook.

„Das ist ideal“, meinte Holmes. „Vier Damen genügen für den Plan. Wann können Sie Kontakt zu den verschwiegensten Mitgliedern der Gruppe aufnehmen, Lady Holbrook?“

„Sofort. Das ist kein Problem. Ich rufe meine Freundinnen sofort an.“

„Es muß sichergestellt sein, daß keine der Frauen irgendjemandem davon erzählt, auch Familienangehörigen nicht“, betonte Holmes erneut.

„Damit ist das Projekt zum Scheitern verurteilt. Hennen können das Gackern nicht lassen“, brummte Sir Holbrook.

„Und alte Hähne müssen ständig krähen. Weil sie sonst nichts mehr zustande bringen“, warf seine Frau ein.

Kapitel 9

Vom Geheimdienst der Lords

„Es geht um die Zukunft des Landes. Der Pilz, von dem das Weizenfeld befallen ist, könnte die Nahrungsversorgung des ganzen Empire zum Erliegen bringen", erläuterte Sherlock Holmes vor Lady Holbrook und den vier von ihr ausgewählten Schwestern der Sonne die Bedeutung der Mission, bei der sie ihn unterstützen sollten. Und er fügte hinzu: „Überlegen Sie es sich gut, ob Sie diese Aufgabe wirklich übernehmen wollen. Wenn etwas schiefläuft, besteht höchste Gefahr. Und Sie dürfen mit niemandem darüber reden, auch nicht mit Ihren Ehemännern."

Drei der vier Damen, die dem Landadel angehörten, nickten eifrig. Sie waren froh über die Abwechslung, die diese Unternehmung in ihr betuliches Dasein brachte.

Lady Bonner, ein kleine, rundliche Person um die Fünfzig, deren Wangen vor Aufregung rot glühten, salutierte vor dem Detektiv. „Mr. Holmes, Sie befehlen, wir folgen!"

„Sie befehlen, wir folgen", bekräftigten Lady Holbrook und drei der anderen Damen mit fester Stimme. Die fünfte Schwester der Sonne, eine sportliche Erscheinung, die ihr graues Haar wie einen Helm auf dem Kopf trug, war verstummt.

„Was ist los mit dir, Mira? Hast du kalte Füße bekommen?"

„Ich weiß nicht recht. Ich –"

„Noch kannst du aussteigen. Wenn du versprichst, daß du uns nicht verrätst."

„Es tut mir so leid", meinte die Angesprochene, „Aber das ist zuviel für meine schwachen Nerven. Ich würde kein Auge zutun, die ganze Nacht –"

„Schon gut. Du kannst gehen.“

Nachdem sich diese Schwester der Sonne entfernt hatte, erklärte Holmes den verbliebenen, hoch motivierten Frauen, daß man sich sehr früh am Morgen, gegen vier Uhr, mehr als eine Stunde vor Sonnenaufgang, bcim Anwesen der Holbrooks treffen werde.

Dann demonstrierte er ihnen, wie man Kornkreise erzeugt. Er hatte drei etwa zwei Fuß lange Holzbretter vorbereiten lassen, mit Löchern an beiden Enden, durch die Seile gezogen waren. Die Seile faßte man mit den Händen, mit den Beinen wurde das Brett auf den Boden gepreßt. Darauf hob man das Brett mit den Seilen an und schob es mit einem Fuß ein Stück weiter, wo man es wieder zu Boden drückte.

Unter viel Gelächter übten die Damen und wollten sich schließlich nicht damit begnügen, einen einfachen Kreis ins Getreidefeld zu zeichnen, sondern entwarfen die Choreographie zu einem komplizierteren Muster, das Holmes vorschlug, nämlich die Umrisse eines Akazienzweiges in einem äußeren Kreis.

Gekonnt planten sie die Schritte, die sie früh am nächsten Morgen ins Feld setzen würden.

Um Viertel vor fünf Uhr fuhr ein von einem braunen Wallach gezogenes Coupé in den Hof von Holbrook Hall. Dem Wagenschlag entstiegen zwei Schwestern der Sonne, die Lady Bonner von ihren Landgütern abgeholt hatte. Sehr ruhig und voll gespannter Erwartung begaben sich Sherlock Holmes, Lady Holbrook, Lady Bonner, Lady Emma Morton und Lady Cynthia Preston zu der Stelle, an der sie in Stiefeln den Bach durchwaten konnten.

„Einen Augenblick noch“, bat Emma Morton, die hagere, hochgewachsene Dame im Jagdkostüm, und lehnte sich gegen den mächtigen Stamm einer Eiche am Ufer. Mit beiden Armen umfaßte sie den Baum und murmelte Unverständliches.

„Alte Bäume spenden Kraft, und Emma scheint Energie zu brauchen für unser Vorhaben“, erklärte Lady Holbrook dem Detektiv das merkwürdige Verhalten der Dame.

Lady Mortons weitgeöffnetem Mund entströmte ein rhythmischer Singsang, der Holmes veranlaßte, die Dame um Zurückhaltung zu bitten, man wollte die Bewohner von Selford Castle nicht alarmieren. Demzufolge dämpfte Emma Morton ihren Gesang an die Eiche zu einem Summen.

Die Ausläufer der Baumwurzeln, auf denen Lady Morton mit ihren Gummistiefeln stand, waren feucht vom Morgentau und glitschig von Moosen und Flechten. Als sich die Dame nun gestärkt von der Eiche lösen wollte, kam sie ins Rutschen, stürzte und landete im kalten Wasser des Baches.

Ihre Knie und die Hände trugen dabei verschmutzte Schürfwunden davon. Sherlock Holmes stieg die Uferböschung zum Wasser hinunter und reichte der Dame seinen ausgestreckten rechten Arm, um sie ins Trockene zu ziehen. Er reinigte ihre Wunden mit einem weißen Tuch, das ihm Lady Holbrook zur Verfügung stellte.

Wenn doch Watson hier wäre!, dachte Holmes, wer weiß, was die Schwestern der Sonne noch alles aushecken.

„Du gehst zum Haus zurück und wärmst dich! So kannst du nicht mit uns ins Feld, du holst dir den Tod“, entschied Lady Holbrook ihrer verunglückten Kollegin gegenüber, und Holmes fiel das Kindergedicht von den zehn kleinen Negerlein ein, zog es jedoch vor zu schweigen.

Die Morgendämmerung half dem Detektiv und den verbliebenen drei Damen, den Weg zum Getreidefeld zu finden, der

Frühnebel bot die nötige Tarnung. In knapp einer halben Stunde drückten Lady Holbrook, ihre Kolleginnen und der Detektiv das Akazienzweigmuster in das Getreidefeld, immer wieder beflügelt von kräftigen Schlucken aus einer Feldflasche mit Whisky, die Lindsay Bonner mitgebracht hatte.

Danach wuschen sie im Bach gründlich die Bretter und ihre Stiefel, damit der gefährliche Pilz nicht auf andere Felder übertragen wurde, dann verabschiedeten sie sich mit einem Händedruck. Ein gemeinsames Frühstück war nicht möglich. Das Hausmädchen sollte nicht von ihrem Treffen wissen.

Auch Holmes verzichtete dankend auf ein Frühstück, er wollte möglichst bald ein Telegramm an Horace Harker von der Central News Agency in London schicken, von der aus die Nachricht über den Kornkreis von Twickenham an alle Zeitungen der Hauptstadt und darüber hinaus verbreitet werden würde.

Er hinterließ den Holbrooks seine Visitenkarte mit der Londoner Adresse und versprach, sich bald zu melden. Besonders eindringlich bat er das Ehepaar, ihn zu benachrichtigen, sobald ihr Sohn aus der Schweiz auf Heimatbesuch nach Hause kam. Danach nahm er den Zug nach Clapham Junction in London.

Am Nachmittag suchte Holmes erneut den Diogenes Club auf, wo er sich mit seinem Bruder traf.

„Steckst du hinter den geheimnisvollen Kreisen in den Feldern?" fragte Mycroft seinen Bruder nach der Begrüßung.

„Ich will nicht das Gegenteil behaupten. Die Leute vom Landwirtschaftsministerium sind entweder Teil der Verschwörung oder unfähig. Es bleibt mir nichts übrig, als die Öffentlichkeit auf meine Weise auf die Gefahr der verseuchten Felder hinzuweisen", erklärte Sherlock Holmes.

„Seit man die ersten Muster in Feldern entdeckt hat, stellen die Sensationsblätter Überlegungen über das bevorstehende Ende der Welt an."

Sherlock schmunzelte und ließ sich vom Butler heißen Tee bringen. Er war seit seinem Ausflug an die Themse leicht erkältet. „Ich habe gehofft, du kannst mir Informationen über einen gewissen Aaron Crowley und seinen Order of the Ark beschaffen", meinte er nach einer Weile.

„Was ist denn das schon wieder! Wenn du nicht mein Bruder wärst –"

„Hättest du mich längst verstoßen."

„Würde ich mich nicht in so dubiose Sachen hineinziehen lassen. Ich werde schauen, was sich machen läßt. Aaron Crowley und Order of the Ark, sagtest du."

Nachdem er sich Notizen gemacht hatte, verließ Holmes' Bruder den Raum, um eine der Telefonzellen in der Lounge aufzusuchen.

Bei seiner Rückkehr lächelte er zufrieden. „Ich denke, der Mann, mit dem man mich verbunden hat, kann dir weiterhelfen. Er wird zum Abendessen in den Club kommen."

Um die Zeit zu überbrücken, überredete Sherlock Holmes seinen Bruder zu einer Schachpartie. Mycroft war ein mehr als ebenbürtiger Gegner, von dem der Detektiv sogar behauptete, er habe den schärferen Verstand von beiden, nur besitze er weniger Ehrgeiz.

Das Spiel zwischen den Brüdern verlief lange ausgeglichen, bis Mycroft aufgrund der Position seiner Türme eine Chance zum Sieg sah. Es schien ihm, als ob Sherlock keine wirkliche Möglichkeit zur Verteidigung geblieben wäre. Mycroft wollte die vorteilhafte Position ausnutzen, erkannte aber plötzlich zu seinem Bedauern, daß Sherlocks zwei Läufer dessen Nachteil ausglichen. Lange brütete er über dem nächsten Zug, bis

Sherlock in Anbetracht der vorgerückten Zeit ein Remis vorschlug, dem Mycroft erleichtert zustimmte.

Keine Minute zu früh, denn in diesem Augenblick führte der Butler einen überraschend jungen Mann – er mochte Mitte dreißig sein – herein. Er trug einen Anzug aus feingewobenem grauem Kaschmir mit nur einer Knopfreihe, die Krawatte war schwarz.

Mycroft Holmes stellte die Herren einander vor, und Sherlock erfuhr, daß er John Claret, dem stellvertretenden Leiter des Advisory Council der Lords, des Geheimdienstes des Oberhauses, gegenübersaß.

„Wir können und wollen uns einem Ruf von Mycroft Holmes nicht verschließen", eröffnete Claret das Gespräch. „Und wenn mir dessen Einladung noch die Chance eröffnet, seinen berühmten Bruder kennenzulernen, duldet die Angelegenheit natürlich keinen zeitlichen Aufschub. Die Brüder Holmes rufen, das Empire ist zur Stelle."

„Ich danke Ihnen und Sir Sisley, daß Sie zu einer Aussprache mit meinem Bruder und mir bereit sind. Sherlock ermittelt in einer für das Land wesentlichen Angelegenheit. Und ich denke, daß seine Erkenntnisse auch für die Lords Bedeutung haben werden."

„Ich halte ich es für wichtig, daß wir offen unser Wissen austauschen", schlug Sherlock Holmes vor.

„Was bedeutet das konkret?" fragte Mr. Claret.

„Ich bin an Informationen über Aaron Crowley und den Order of the Ark, den Orden von der Bundeslade, interessiert."

„Vertrauen gegen Vertrauen", sagte der stellvertretende Geheimdienstchef. „Sie beginnen. Was wissen Sie?"

„Meine Geschichte fängt bei Professor James Moriarty, der 1891 im Zweikampf mit mir ums Leben kam, an. Sein engster Vertrauter versuchte mich noch in der Schlucht der Schweizer

Reichenbachfälle zu töten. Drei Jahre später unternahm er einen weiteren Versuch."

„Du meinst Colonel Sebastian Moran", warf Mycroft Holmes ein.

„Ja, ich spreche von Colonel Moran, dem ehemaligen Armeeoffizier in Indien, dem Großwildjäger", bestätigte Holmes, „einem Mitglied des House of Lords, wie sein Vater, Sir Augustus Moran. Was wissen Sie über das Wirken dieses Mannes, Mister Claret?"

„Das lag vor meiner Zeit. Ich arbeite erst seit dem Ende des Krieges für die Lords. Aber ich werde meinen Vorgesetzten, Sir Alexander Sisley, dazu befragen. Er hat den Advisory Council völlig neu aufgestellt."

John Claret machte sich Notizen in einem kleinen Buch, das er seinem Jackett entnommen hatte.

„Moriartys Philosophie", fuhr Sherlock Holmes fort, „wurde nach seinem Hinscheiden an eine Gruppe, eine Art Orden, weitergereicht, dem Colonel Moran vorstand. Jemand, der sich M. nennt oder nannte, verfaßte handschriftlich Bücher, die strategisch wichtigen Persönlichkeiten des Landes zugespielt wurden."

„M. wie Moriarty", stellte John Claret fest. „Wenn ich Sie also richtig verstehe, Mr. Holmes, so vermuten Sie eine Verbindung zwischen der Gedankenwelt Moriartys und einem Orden. Worin konkret besteht nun Ihre Befürchtung, die Pläne dieser Leute betreffend?"

„Gegenwärtig sammle und betrachte ich Fakten. Und diese haben mit der Ermordung einer Frau zu tun, sie stehen in Zusammenhang mit der Aufschrift ‚Die Juwes sind nicht die Männer, denen man die Schuld nicht anlasten kann' in einem Hauseingang an der Goulston Street, wo man die tote Frau fand, unterzeichnet mit M., und mit den Mustern in Getreidefeldern, die neuerdings in unserem Land auftreten."

„Welchen Zusammenhang sehen Sie zwischen diesen Phänomenen, Mr. Holmes?"

„Ich habe vorerst alles mitgeteilt, was ich von meiner Seite zu sagen habe. Ich muß nun darauf bestehen, daß Sie meine Fragen beantworten", sagte der Detektiv bestimmt, aber höflich.

„Die Lords", begann der stellvertretende Chef des Geheimdienstes, „haben es sich zu ihrer noblen Aufgabe gemacht, unser Land sicher durch die Wogen der Zeit zu manövrieren. Der Advisory Council versorgt die Lords mit Informationen, die es ihnen ermöglichen, effizient arbeiten zu können. Daher bin ich Ihnen für Ihren Hinweis auf einen dubiosen Orden dankbar. Ich werde ihn weiterleiten."

„Glauben Sie nicht", drohte Holmes lächelnd, „daß ich mich so billig abspeisen lasse. Meine Frage ist noch nicht beantwortet."

„Welche Frage?"

„Was weiß Ihre Institution über den Order of the Ark und einen Mann namens Aaron Crowley?" präzisierte Holmes.

„Aaron Crowley ist ein hochintelligenter Mann. Ein Mann, der zu den Wurzeln vorstoßen will, zu den Ursprüngen unseres Seins, der Religion. Dazu gehört seine Fixierung auf das Alte Testament. Order of the Ark geht auf die Bundeslade zurück, die Juwes kommen beim Bau des Tempels Salomons vor, Getreide ist von zentraler Bedeutung für das Volk Israel, denken wir an die Träume des Joseph", antwortete John Claret. „Aber es kommen, und da werden Sie mir beipflichten, keine Kornkreise im Alten Testament vor." Bei diesen Worten blickte er Sherlock Holmes durchdringend an, dann fuhr er fort: „Das Vordringen zur Radix, zur Wurzel, bedeutet natürlich auch, daß radikal bis skrupellos vorgegangen wird, daß sich jemand total verrennt, fanatisch bis zur Gesetzlosigkeit wird. Eines der Probleme von Crowley und seiner Gruppe – ich weigere mich, in diesem

Zusammenhang von ‚Orden' zu sprechen – ist der hemmungslose Konsum von Rauschmitteln, um zu neuen Erkenntnissen zu gelangen." Nach einigem Zögern fügte er hinzu: „Das ist alles, was ich zu diesem Thema sagen kann."

„Auch ich habe nichts hinzuzufügen", sagte Holmes zur Überraschung seines Bruders.

John Claret schloß sein Notizbuch und versprach dem Detektiv, Sir Alexander Sisley über ihr Gespräch zu informieren, dann entfernte er sich, noch bevor das Abendessen serviert wurde.

Verwundert schaute Mycroft Holmes dem jungen Mann nach, dann wandte er sich an seinen Bruder. „Ein merkwürdiges Gespräch. Es erinnert mich an die Eröffnung eines Schachspiels. Keiner will einen Fehler machen, jeder wartet auf den ersten entscheidenden Zug des Gegners. Würde ich dich nicht so gut kennen, hätte ich den Eindruck, du hast dich von diesem geschmeidigen jungen Mann übervorteilen lassen."

„Abwarten, werter Bruder. Ich wähne mich im Vorteil."

Kapitel 10

Der Prinz von Wales

In den Morgenzeitungen verfolgte Holmes die nicht enden wollende Diskussion über das geheimnisvolle Muster im Weizenfeld von Twickenham. Die Journalisten rätselten, warum gerade diejenigen Felder, in denen man die Ornamente fand, mit der gefährlichen Krankheit infiziert waren.

Holmes genoß die Lektüre und das Frühstück von Miss Lomax, das täglich besser und ausgiebiger wurde. Bei der Lektüre der *Times* entdeckte er auch den Hinweis auf eine Ausstellung des impressionistischen Malers Walter Sickert in der Modern Art-Galerie, die am späten Nachmittag im Beisein Seiner Hoheit, des Prinzen von Wales, eröffnet werden sollte.

Holmes begab sich im dunklen Zweireiher mit Silber-Krawatte eine halbe Stunde vor Beginn der Veranstaltung in die Bond Street, wurde von Sickert freundlich begrüßt und in die Galerie geführt, die aus drei durch Torbögen verbundenen Sälen bestand. Die Wände waren mit einfarbigen grauen Stofftapeten verkleidet, welche die meist in erdigen Tönen und Rot gehaltenen Gemälde wirkungsvoll hervortreten ließen. Beleuchtet waren die Räume mit Kandelabern, auf denen unzählige Kerzen brannten.

Im dritten Saal nahm der Detektiv einige Sandwiches, probierte den teuren Sherry und beobachtete die eintreffenden Gäste, darunter Coroner Willows, den Arzt, der die Leiche des jungen Mädchens seziert hatte, die Schriftstellerin Virginia

Woolf und ihren Mann Leonard und den Handelsvertreter Luke Marker, den Verlobten von Mona Hatfield. Auch John Claret vom Geheimdienst der Lords hatte sich eingefunden.

Eine merkwürdige Ansammlung von Menschen, dachte Holmes und versäumte nicht, die ausgestellten großformatigen Gemälde eingehend zu betrachten. Es waren Bilder jenseits des gängigen Geschmacks des Londoner Publikums, Bilder, die in schmutzig-düsteren Farben Geschichten voll Trauer und Elend erzählten.

Ein Pastellbild trug den Titel *Erpressung*, ein Ölgemälde zeigte ein kaum erkennbares Zimmer und ein von einer Sonnenblende halb verdunkeltes Fenster. Der Titel des Bildes war *Jack the Rippers Schlafzimmer*.

Beunruhigend für Holmes waren überhaupt die Ausstellungsstücke im zweiten Saal. All diese Bilder zeigten nackte bis halbnackte Frauen, die auf ihren Betten ruhten. Oder die ermordet worden waren, die Interpretation des Dargestellten hing vom Auge des Betrachters ab. Im Ausstellungskatalog wurden diese Bilder als Camden Town-Zyklus bezeichnet.

Noch vor dem Krieg, erinnerte sich Holmes, hatte man die Leiche einer Prostituierten in ihrem Zimmer in Camden Town gefunden. Jemand hatte der Frau die Kehle durchtrennt.

Im ersten Saal, in dem sich der Eingang zur Galerie befand, hingen dagegen fast heitere, helle Bilder, Aktporträts von sehr jungen Männern in idyllischer südländischer Umgebung.

Holmes wurde in seinen Betrachtungen durch die Aufregung unterbrochen, die die Ankunft von Edward, dem Prinzen von Wales, verursachte.

Der Maler eilte dem jungen, perfekt gekleideten Thronfolger entgegen und drückte ihm enthusiastisch beide Hände. Holmes war amüsiert. Nicht nur wegen der linkischen Unterwürfigkeit des Malers, sondern weil er in diesem Augenblick erkannte, daß er dem Prinzen schon einmal unter recht merkwürdigen Umständen begegnet war. Edward, Prinz von Wales, war identisch mit dem Piloten Edward Wales, der auf Holdings Vermittlung hin den Pilzbefall der Getreidefelder in Sussex vom Flugzeug aus erkundet hatte. Jetzt war Holmes auch klar, warum ihm der Mann von Anfang an bekannt vorgekommen war.

Der Thronfolger ließ es sich nicht nehmen, Holmes persönlich die Hand zu schütteln, nachdem er mehrere Bekannte gegrüßt hatte. „So trifft man sich wieder", sagte er leise zu dem Detektiv.

„Ich muß wirklich gestehen, daß ich überrascht bin, Königliche Hoheit", antwortete Holmes.

Die einleitenden Worte zur Eröffnung der Ausstellung sprach William Rutherford, der Inhaber der Galerie, dann wandte sich der Prinz von Wales an die Gäste der Vernissage. Er betonte die Verbundenheit der königlichen Familie mit dem Künstler und seine persönliche Wertschätzung für dessen außerordentliches Werk.

Schließlich kam auch die Schriftstellerin Virginia Woolf zu Wort. Sie wirkte fragil und nervös, sprach aber überraschend laut und selbstbewußt: „Walter Sickert ist nicht nur Impressionist oder Post-Impressionist, sondern auch einer der ersten literarischen Maler der Kunstgeschichte. Jedes der Bilder erzählt eine poetische Geschichte voll Intellekt und Sentiment. Sickert gehört zu den besten graphischen Biographen der Welt."

Die Gäste applaudierten höflich und widmeten ihre Aufmerksamkeit wieder ihren Gesprächen, der Besichtigung der Bilder und dem reichhaltigen Büffet.

Als Holmes bemerkte, daß Luke Marker bemüht war, ihm aus dem Weg zu gehen, steuerte er auf ihn zu, um ihn zu fragen, welchen Bezug er zu den Gemälden Sickerts hatte. Da aber wandte sich der Künstler selbst an Holmes und fragte ihn, wie ihm die Ausstellung gefalle. Wahrheitsgemäß zeigte sich Holmes, der den französischen Maler Horace Vernet zu seinen Vorfahren zählte und sich für einen Kunstkenner hielt, obwohl Watson dies stets bezweifelt hatte, von der Qualität der ausgestellten Bilder beeindruckt.

„Über die Camden Town-Bilder würde ich mich gerne etwas näher mit Ihnen unterhalten, Mr. Sickert", sagte Holmes zu dem Maler.

„Das ist auch mir ein großes Anliegen, Mr. Holmes. Ich hoffe, wir müssen damit nicht warten, bis wir ins Hotel zurückgekehrt sind. Ich hätte gerne ein Treffen mit Ihnen in London vereinbart."

Holmes lud den Maler für den nächsten Tag in den Atheneum Club ein. Als er dann erneut nach Luke Marker Ausschau hielt, mußte er erkennen, daß dieser die Veranstaltung verlassen hatte. Auch der Prinz von Wales war verschwunden!

„Ich bin in einer furchtbaren Lage", sagte Walter Sickert zu Sherlock Holmes und schaute gehetzt um sich.

Sickert, wie immer elegant und dandyhaft gekleidet, strich nervös das für sein Alter überraschend dichte dunkle Haar aus der Stirn.

„Hier im Club sind wir sicher. Sie können offen reden", beruhigte ihn der Detektiv.

„Sie müssen mir helfen, aus der Sache herauszukommen."

„Ich werde tun, was möglich ist. Erzählen Sie!"

Der Maler öffnete seine schmalen, fest aufeinandergepreßten Lippen: „Das Unheil hat damit begonnen, daß ich dem Amerikaner einige meiner Bilder im Hotel zeigte."

„Sie meinen Mr. Ratcliffe aus Boston, dessen Yacht in der Bucht vor dem Hotel ankerte“, präzisierte Holmes.

„Ja. Er zeigte sich begeistert, wollte mehr sehen. Ich führte ihn in mein Atelier in London, und er versprach mir, eine große Ausstellung zu organisieren, mit Prominenz und Presse. Als er sich dann jedoch immer stärker für Mona und die Bilder, auf denen sie dargestellt war, interessierte, wurde mir die Sache unheimlich.“

„Und dann verschwand sie und wurde angeblich ermordet in London aufgefunden.“

„Ich fürchtete um ihr Leben, als Ratcliffes Wunsch, sie nach London zu bringen, immer drängender wurde. Und dann –“ Walter Sickert zögerte.

„Und dann“, half ihm der Detektiv weiter, „geschah etwas Unerwartetes.“

„Dann fand ich, und das war einfach furchtbar, die Leiche einer jungen Frau in meinem Atelier in Camden Town. Die Ermordete lag auf meiner Couch in einer Pose, wie ich die Frauen auf meinen Bildern gemalt hatte.“ Der Maler wischte nervös die rechte Hand an seinen Hosen ab. „Ich wußte in dem Augenblick absolut nicht, was ich tun sollte. Voll Panik wandte ich mich an einen Freund, der als Arzt arbeitet. Der nahm sich meiner an und versprach mir seine Hilfe. Wir brachten die tote Frau zum Arbeitsplatz des Mediziners. Dort beratschlagten wir, was zu tun wäre. Um mich zu entlasten und Mona Hatfield nicht weiter zu gefährden, entschlossen wir uns, das Mädchen so zu präparieren, daß man sie für Mona Hatfield halten konnte.“

„Sie trennten den Kopf des Mädchens ab, zogen ihr Miss Monas Kleidungsstücke an und transportieren sie zu jenem Hauseingang an der Goulston Street, wo man schon einmal ein blutiges Kleidungsstück von einem der Opfer Jack the Rippers gefunden hatte. Dort hinterlegten Sie und Ihr Helfer den Körper der Frau, und der Arzt schüttete Blut auf die Kleider und auf den Boden."

Walter Sickert nickte resigniert.

„Mona lebt also", stellte der Detektiv fest. „Das ist bei allen Unsinnigkeiten, die Sie angestellt haben, das Wesentliche. Wo ist sie?"

„Ich habe sie in Sicherheit gebracht, zu meiner Schwester Helena nach Manchester."

„Vorher oder nachher?"

„Ich begleitete sie nach Manchester, als ich um ihr Leben zu fürchten begann, noch vor dem Fund der Leiche in meinem Atelier."

„Ich benötige ihre Anschrift", forderte Holmes, und der Maler schrieb sie ihm auf ein Stück Papier.

„Ich dachte, der Plan sei genial, er würde zwei Probleme auf einmal lösen. Mona wäre für immer außer Gefahr, und die Leiche wäre nicht mehr in meinem Atelier", erklärte der Maler weiter.

„So nehme ich Ihnen das nicht ab", wandte der Detektiv ein. „Es muß doch einen Grund dafür geben, warum man die Leiche in Ihr Atelier geschafft hat. Ich denke, es sollte eine Warnung an Sie sein, weil Sie Mona weggebracht hatten. Sie sollten als Frauenmörder verdächtigt und damit gezwungen werden, der Polizei Monas Aufenthaltsort zu verraten."

„Ich war damals so sehr von meiner Idee überzeugt. Leider hörte ich nicht auf die Einwände des Arztes, der mich auch davon abhalten wollte."

„Ich frage mich, warum ein Mediziner für so ein Unternehmen alles aufs Spiel setzen sollte. Ihre Geschichte überzeugt mich keineswegs."

„Mr. Holmes. Sie müssen verstehen. Zwischen dem Arzt und mir besteht eine Beziehung besonderer Art."

„Sie meinen eine homosexuelle."

„Ja, wenn Sie so wollen. Einem Künstler verzeiht man das eher. Für einen Arzt aber bedeutet jedes Wort darüber das Ende seiner Karriere."

„Sie haben ihn also erpreßt, Ihnen zu helfen", mutmaßte Holmes.

„Nicht erpreßt. Ich habe ihn dringend gebeten."

„Und Sie schrieben mit Künstlerkreide die Worte ‚Die Juwes sind nicht die Männer, denen man die Schuld nicht anlasten kann' an die Wand", ergänzte Sherlock Holmes.

„Nein. Ich schwöre, daß wir das nicht geschrieben haben. Das stammt von jemand anderem", versicherte der Maler.

„Mister Sickert, die Sache ist so ernst, daß Sie es sich nicht leisten können zu lügen", entfuhr es Sherlock Holmes scharf. „Ich lasse Sie sofort als Jack the Ripper und den Arzt als Ihren Helfer verhaften, wenn Sie mir nicht gestehen, dies geschrieben zu haben."

„Mister Holmes, ich bitte Sie, glauben Sie mir. Die Inschrift stammt nicht von uns."

„Wenn das stimmt", sagte Sherlock Holmes, „so bedeutet das allerhöchste Lebensgefahr für Sie, für Mona Hatfield, für Ihre Schwester und für Dr. Willows."

„Wie kommen Sie auf Dr. Willows?" rief Walter Sickert erschreckt.

„Eine einfache Addition: Dr. Willows obduzierte die Leiche und war bei Ihrer Ausstellungseröffnung. Die Spur führt zu ihm."

„Um Gottes willen, schweigen Sie bitte, Holmes." Walter Sickert war bleich geworden.

„Sie sollten daher sofort verschwinden", sagte Sherlock Holmes unbeirrt.

„Wie?"

„Am besten spurlos."

Um Watson in die Klärung des Falles einzubinden, hatte Sherlock Holmes ihn in die Baker Street gebeten, und der Doktor war dem Ruf seines Freundes mit Freude gefolgt, in der Hoffnung auf neue Abenteuer.

Miss Lomax servierte Tee mit ihren unvergleichlichen Gurkensandwiches.

„Ich mache mir Sorgen um Ihr Gewicht, Holmes", sagte der Doktor zu seinem Freund. „Sie nehmen ständig beträchtliche Mengen von Delikatessen zu sich, was nicht ohne Folgen für Ihren Leibesumfang geblieben ist."

„Erstens, mein lieber Watson, bin ich noch immer schlanker als Sie, wenn Sie mir diese Bemerkung gestatten …"

„Und zweitens?" fragte Watson verlegen.

„Und zweitens wollen Sie doch sicher nicht, daß ich mich wieder viel gefährlicheren Substanzen zuwende, die in der Vergangenheit halfen, mein Gewicht in Schranken zu halten."

„Nein, Holmes, natürlich nicht. Ich meinte es nur gut –"

„– sagte der Bär, der seinem Herrn eine Fliege vom Kopf verscheuchen wollte", meinte Holmes und unterrichtete den Kollegen über wichtige Details des Falles der silbernen Felder, erzählte von Sir Alfred Holbrook und dessen reizender Frau, von deren Sohn im Schweizer Internat, von Aaron Crowley und dem Order of the Ark. Und von Walter Sickert!

„Was für eine chaotische Geschichte", meinte Doktor Watson. „Ein Glück, daß ich sie nicht niederschreiben muß." Als Holmes ihn fragend anschaute, fuhr er fort: „Als Freimaurer unterliege ich der Deckungspflicht. Ich darf Logengeheimnisse nicht an Profane weitergeben."

„Sie geben also zu", hakte Holmes nach, „daß die Freimaurer in diesen Fall verwickelt sind."

Erschreckt, weil er zuviel verraten hatte, blickte Watson auf.

„Mein lieber Watson, natürlich respektiere ich Ihre freimaurerischen Versprechen, aber ich hoffe dennoch, daß Sie mit mir zusammenarbeiten werden."

„Grundsätzlich ja", meinte Watson vorsichtig.

„Dann erzähle ich Ihnen, was Sie mir nicht sagen dürfen: Die Freimaurer haben sich in eine dubiose Sache eingelassen, um den Verdacht, an den Ripper-Morden beteiligt zu sein, loszuwerden. Die Kreideinschrift ‚Die Juwes sind nicht die Männer, denen man die Schuld nicht anlasten kann', die erste, ursprüngliche im Jahre 1888, hatte sie schwer belastet. Mit in diese sogenannte Reinwaschung verwickelt waren leitende Männer von Scotland Yard wie Inspector Abberline und Sir Charles Warren, der Chef der Metropolitan Police, die natürlich wußten, wer tatsächlich hinter den Ripper-Morden stand."

„Und wer war das?" fragte Doktor Watson.

„Sie haben wirklich keine Ahnung?"

Watson beteuerte, in seiner Loge, der *St. Petri-Lodge*, nicht in die Identität des Rippers eingeweiht worden zu sein. „Ich weiß nur über den Erpressungsversuch an Quatuor Coronati, einer zentralen Londoner Loge, und an den Lords Bescheid."

„Das ist doch auch viel", sagte Holmes und Watson schwieg betreten. Er hatte schon wieder viel zuviel ausgeplaudert.

„Warten Sie, Holmes, die Sache wächst mir über den Kopf. Ich werde mit dem Großmeister der Quatuor Coronati Rücksprache halten und ihm mitteilen, daß Sie eine Menge über die Sache wissen. Vielleicht ist ein persönliches Gespräch zwischen Ihnen möglich."

„Lassen Sie Bruder Hiram von mir grüßen." Holmes lächelte verschmitzt.

Spät am Abend kam Watson zurück in die Baker Street.

Holmes begrüßte ihn mit den Worten: „Haben Sie schon gespeist, Watson?“

Watson hatte offenbar noch nicht zu Abend gegessen und langte gierig zu. Mit vollem Mund teilte er dem Detektiv mit, Bruder Hiram werde ihn empfangen, und zwar – was ein besonderes Privileg sei – im Tempel der Quatuor Coronati.

„Wollen Sie nicht auch eine Kleinigkeit essen?“ fragte der Doktor, als er die sehnsüchtigen Blicke seines Freundes bemerkte.

„Sie hatten mit Ihrer Bemerkung über meinen Leibesumfang wie immer recht, mein lieber Watson. Ich werde mich also hüten!“ sagte Holmes und steckte sich eine Pfeife an, sobald Watson das Mahl beendet hatte.

Kapitel 11

Die Identität des Rippers

Die Freimaurer hatten ein eigenes Coupé geschickt, um Watson und Holmes in die Loge zu bringen. Geduldig ließ sich der Detektiv die Augen verbinden. Der Standort des Tempels sollte geheimgehalten werden. Ein Unterfangen, das im Falle des Detektivs zwecklos war. Holmes kannte jeden Pflasterstein Londons und den Klang, den er erzeugte, aus langjähriger Erfahrung, obwohl er durch die Jahre in Sussex etwas aus der Übung gekommen war. Er hatte sich im Jahr 1903 aus dem Berufsleben in das Fairmount Hotel zurückgezogen. Seine Besuche bei Watson in London, später in Tunbridge Wells, waren sporadisch und privater Natur gewesen. Erst bei Ausbruch des Weltkrieges hatte er begonnen, seine Fähigkeiten auf Drängen seines Bruders Mycroft wieder in den Dienst der britischen Regierung zu stellen. Ab dem Jahr 1918 suchte er dann, wie er meinte, endgültig die Ruhe seines selbstgewählten Exils. Die Verwicklung eines Menschen seiner engsten Umgebung, des Dienstmädchens Mona Hatfield, in den gegenwärtigen Fall und die enorme Gefährlichkeit der Hintermänner, die sich für den Detektiv von Stunde zu Stunde deutlicher abzeichnete, hatten Holmes jedoch veranlaßt, nun wieder aktiv zu werden.

Das Coupé bewegte sich, wie der Detektiv erkannte, in Richtung Westminster. Als sie hielten, war er sicher, daß das Fuhrwerk in der Great Queen Street stehengeblieben war.

Der Kutscher und Watson führten den Detektiv über einige Stufen in ein Gebäude. Als Holmes schließlich die Augenbinde abgenommen wurde, befanden sie sich im Speiseraum der

Loge. Die weißgedeckten Tische waren in Form eines vorn offenen Rechtecks angeordnet, die Sessel an den Außenseiten. An den weißen Wänden der Halle hingen Wandleuchten mit elektrischen Glühbirnen in Kerzenform. Ihr schwaches Licht ließ nur andeutungsweise die Umrisse von Fresken mit den Freimaurerinsignien in dem fensterlosen Raum erkennen.

Ein würdevoll auftretender Mann, den Holmes auf Mitte Sechzig schätzte, begrüßte ihn und Watson. Er hatte leuchtend weißes Haar, wirkte gepflegt und ausgeruht, hatte kaum Falten und beachtlich jugendliche Zähne.

Ein junger Mann im Körper eines alten, dachte Holmes.

„Ich freue mich, Sie persönlich kennenzulernen, Mister Holmes. Mein Logenname ist Hiram. Bruder Hiram, nach dem Baumeister. Ich habe so viel von Ihnen gehört und immer bedauert, daß Sie sich nie dazu entschließen konnten, unserer Gemeinschaft beizutreten."

„Ganz meinerseits", murmelte der Detektiv etwas abgelenkt. Er betrachtete voll Interesse den dämmrigen Raum.

„Ich schlage vor, wir tauschen unser Wissen vorbehaltlos aus", sagte der Großmeister der Quatuor Coronati-Loge.

Holmes nickte. „Die Frage ist, wer beginnt."

„Wir werden beginnen – mit einer technischen Neuerung, die Ihnen zeigt, daß eine historisch begründete Gemeinschaft wie die unsere durchaus in der Lage ist, sich den Herausforderungen des neuen Jahrhunderts zu stellen." Bruder Hiram betätigte eine silberne Glocke, die vor ihm auf dem Tisch lag. Ein Mann betrat die Speisehalle. Holmes versuchte, seine Überraschung darüber nicht zu zeigen, daß er in der Freimaurerloge Stephen Moriarty, den Sohn seines größten Widersachers, wiedersah.

Der junge Moriarty trug ein ziemlich großes Gerät herein, ein zweiter Mann folgte ihm mit einem Elektrokabel. Moriarty begrüßte Holmes und Watson.

„Mr. Moriarty hat sozusagen als Lehrstück zur Aufnahme in die Loge einen Film gedreht, den er Ihnen vorführen wird", erklärte der Logenmeister.

Als der Filmprojektor an das Stromnetz angeschlossen war, schaltete der zweite Mann das Licht aus und verließ den Raum. Das Gerät warf flimmernde Schwarzweißbilder auf eine der Wände des Saales. Der Film zeigte Selford Castle mit der Yacht, die Holmes von der Küste in Sussex kannte, und enthielt Aufnahmen von einem Fest, das zwölf Menschen in einem Saal des Schlosses feierten.

„Das sind Aaron Crowley und sein jüngerer Bruder Aleister", erklärte Moriarty und meinte damit wohl die einzigen Teilnehmer dieser Veranstaltung, die man erkennen konnte. Die Köpfe und Gesichter von elf der Feiernden waren unter weißen Kapuzen versteckt.

Der Fußboden aus sehr hellem Marmor und die Menschen, die darauf standen oder lagen, wurden hundertfach in Spiegeln reflektiert, die an Decke und Seitenwänden des Saales angebracht waren.

Aaron Crowley saß auf einem Thron in der Mitte des Raumes, in eine weiße Robe gehüllt, die auf der Brust mit einem aufgestickten schimmernden Akazienzweig verziert war – ein Meister vor seinen Höflingen. Zu seinen Füßen, an seine Beine gelehnt, sein Bruder Aleister, ein Mann mittleren Alters mit einem auffallend stechenden Blick. Er trug die gleiche Robe wie Aaron. Zehn weitere Menschen in langen weißen Leinenhemden lagerten um die Brüder im Kreis herum auf dem Boden.

Die Tatsache, daß Watson und Meister Hiram nicht hören konnten, was gesagt wurde – das einzige Geräusch im Speiseraum der Coronati-Loge war das Surren und Knattern des Filmprojektors – verstärkte die traumhafte Stimmung. Sherlock Holmes schaute konzentriert auf die Leinwand und formte mit den Lippen unhörbare Worte. Er war des Lippenlesens kundig.

Zwei Personen im Saal von Selford Castle standen schließlich auf und verließen den Raum. Kurze Zeit später zerrten sie ein weißes Schaf in den Kreis der Feiernden und zwangen es zu Boden, so daß es schließlich auf dem Rücken lag.

Mit einem mächtigen Schlachtmesser näherte sich Aaron Crowley dem Tier, das in seiner Angst jede Gegenwehr aufgegeben hatte. Er stellte sich hinter den Kopf des Schafes und durchtrennte ihm die Kehle. Das Blut spritzte in hohem Bogen auf die beiden Männer, die das Tier an den Beinen festhielten. Ihre weißen Hemden färbten sich dunkel.

Als der Blutstrom schwächer wurde, reichte Aaron Crowley das Messer seinem Bruder Aleister, der den Körper des Tieres mit kräftigen Schnitten öffnete und ihm Herz, Leber und Gedärme entnahm. Die Innereien wurden in einen Metallbehälter gelegt und aus dem Raum getragen.

Die Männer und Frauen, die an der Zeremonie teilnahmen, erhoben sich aus ihrer sitzenden Position und umtanzten das getötete Tier. Aaron Crowley gebot den Feiernden mit einer Geste seines rechten Arms niederzuknien und malte jedem von ihnen mit dem Blut des Tieres, das sich auf dem Boden gesammelt hatte, Zeichen auf die Stirn. Die Kamera zeigte, daß es sich um die Buchstaben J und B handelte.

Die Männer, die die Organe des Schafes aus dem Raum gebracht hatten, kamen mit Tonkrügen und Bechern zurück. Die Becher wurden mit einer Flüssigkeit gefüllt, der der Meister einige Tropfen Schafblut hinzufügte. Es folgte ein Gelage, das, wie der Film zeigte, in wilden Tänzen und einer unappetitlichen Orgie endete. Holmes, Watson und der Großmeister der Loge beobachteten schweigend die Bilder.

Als Stephen Moriarty die Lichter der Halle wieder einschaltete und den Projektor anhielt, dauerte das Schweigen noch einige Minuten an.

Schließlich fragte Holmes: „Noch irgendwelche Zweifel über die Identität von Jack the Ripper?"

Betretenes Schweigen.

„Aaron Crowley ist Jack the Ripper. Das bloße Werkzeug eines Mächtigeren. Sein Meister war Moriarty", fuhr Holmes fort. „Professor James Moriarty. Den damals achtzehnjährigen Aaron Crowley hatten Moriarty und sein engster Vertrauter, Colonel Moran, völlig in der Hand."

„Aber der jüngere Bruder –", wandte Watson ein.

„Aleister Crowley", sagte Stephen Moriarty, „ist sechsundvierzig Jahre alt, sein Bruder Aaron einundfünfzig. Aleister war, als die Ripper-Morde geschahen, dreizehn Jahre alt."

„Und es ist leider nicht auszuschließen, daß der jüngere Bruder zumindest dabei war, als Aaron die Prostituierten tötete", warf Holmes ein.

„Aaron wurde von Moriarty erpreßt?" fragte Watson.

„Ja, aber nicht nur er", antwortete Holmes. „Moriarty und Moran gründeten damals eine Vielzahl von dubiosen Vereinen und Gruppen, und wer sich dorthin verirrte, wurde beobachtet, über Jahre hinweg, bis man genug Material besaß, ihn gesellschaftlich und finanziell zu vernichten. Einer dieser Clubs war der ‚Hundred Guineas Club' in der Cleveland Street, wo sich eine Gruppe von Männern traf, die dem eigenen Geschlecht zugetan waren, viele von ihnen in heiklen Berufen wie Schullehrer und Geistliche. Männer wie Nicholson, Bradford, Symons und John sowie der Romanschriftsteller Frederick Rolfe gehörten dazu, auch Oscar Wilde und sein Freundeskreis. Kurzum, Moriarty ließ ihnen allen Spielraum der Welt, versorgte den Club mit ausreichend Geld und jungen Soldaten, verfolgte ihren Briefwechsel, ja, stellte ihnen sogar den Verleger Leonard

Smithers zur Verfügung, der ihre pornographischen Bücher, die sie unter Pseudonymen verfaßten, herausbrachte. ‚Teleny', der unsäglich schlechte Roman von Wilde und seinem Freundeskreis, sowie das ‚Geheime Leben' eines gewissen Walter kamen bei Smithers heraus, der übrigens später auch Aleister Crowleys ‚White Stains', ein noch unappetitlicheres Buch, veröffentlichte. Die Männer, zum Teil angesehene Mitglieder der Londoner Gesellschaft, die meisten verheiratet, gehörten der Polizei, der Regierung, dem Militär, der Kirche, den Freimaurern und dem House of Lords an. Einer von ihnen war sogar Mitglied der königlichen Familie. Als Moriarty begann, sie zu erpressen, erhoffte er sich dadurch den Zugang zu den Machtzentren des Landes."

Watson unterbrach Holmes: „Ein Mitglied der Royals. Was für ein Skandal!"

„Aber Watson, als Logenbruder wissen Sie davon natürlich. Es war ein Skandal, der die Monarchie erschüttert hätte und an dessen Niederschlagung die Lords und ihr Geheimdienst sowie führende Londoner Freimaurer beteiligt waren. Den körperlich und geistig etwas beeinträchtigten Prinzen Albert Victor, einem Enkel von Königin Victoria und Sohn des späteren Königs, hatte man auch in den Club gelockt, und er hatte sich hinreißen lassen, glühende Liebesbriefe an einen Achtzehnjährigen zu verfassen, die diesem von Moriartys Männern entwendet wurden. Der Knabe wurde tot aus der Themse gefischt, und auch der Prinz lebte nicht mehr lange."

„Woher wissen Sie das, Holmes?" fragte Watson verblüfft, „Ich habe nie auch nur eine Andeutung –"

„Ich habe in dieser Sache für Mycroft ermittelt. Einige der anderen Beteiligten ließen sich erpressen, einige begingen Selbstmord. Oscar Wilde, der sich weigerte mitzuspielen, verlor alles und landete im Zuchthaus. Mein Bruder bat mich im

Auftrag eines der unglücklichen Beteiligten, Moriarty unschädlich zu machen, was mir schließlich auch gelang, bevor weitere Details an die Öffentlichkeit gelangten. Der Prinz starb ein Jahr nach Moriarty. Ich hatte jedoch lange Zeit die Gruppe unterschätzt, die Moriarty umgab und die nun begonnen hat, sein Werk fortzuführen und seine Ideen am Leben zu erhalten. Dabei hätte ich nach den beiden Anschlägen von Colonel Moran auf mich gewarnt sein müssen, daß sich da etwas anbahnt." Hier unterbrach sich Holmes und wandte sich an Doktor Watson: „Haben Sie Platz für einen Gast in Ihrem Haus in Tunbridge Wells?"

„Sicher. Wollen Sie –"

„Nicht ich, mein lieber Watson. Meister Hiram, der Großmeister der Loge Quatuor Coronati, befindet sich in Lebensgefahr. Die drei Juwes sind ihm auf den Fersen, und er muß untertauchen."

Watson schaute den Großmeister fragend an, und als dieser nickte, meinte er: „Es wäre mir eine außerordentliche Ehre, wenn ich Ihnen Quartier in meinem Haus anbieten kann."

„Ich bin Ihnen sehr dankbar dafür, Doktor Watson", sagte Meister Hiram. „Ich stimme mit Mister Holmes überein. Die nächsten Tage und Wochen werden nicht ungefährlich sein."

„Ich werde meine Frau bitten, die nötigen Vorkehrungen zu treffen." Der Doktor wandte sich an Holmes: „Sie sagten, die drei Juwes seien Meister Hiram auf den Fersen. Was meinen Sie damit? Wer sind diese Männer?"

„Ich ahne nur, wer sie sind und was sie bezwecken", antwortete Holmes knapp.

Lange hatte der junge Moriarty, von dem der bemerkenswerte Film stammte, geschwiegen. „Eines müssen Sie mir sagen, Mister Holmes! Was bedeuten die Buchstaben, die Aaron Crowley den Mitgliedern seines Ordens auf die Stirn malte?"

„Mr. Moriarty, Sie haben Mut und Umsicht bewiesen, indem Sie diesen Film drehten, der unendlich wichtig für unsere weiteren Ermittlungen ist. Dafür allen Dank der Welt. Zu Ihrer Frage: Crowley und sein Order of the Ark, der Orden von der Bundeslade, wollen zu den Ursprüngen aller Kulte und Religionen vorstoßen – mit unappetitlichen Blut- und Sexualzeremonien, besonders fasziniert sie das Alte Testament. Über die Buchstaben J und B, die Crowley den Ordensmitgliedern auf die Stirn malte, kann uns Meister Hiram Auskunft geben, wenn ich mich nicht völlig irre."

„Der Tanach, wie die Juden das Alte Testament nennen", erklärte Meister Hiram, „beschreibt im Buch der Könige den Tempel Salomons im Detail. Am Eingang jenes Heiligtums standen zwei hohle Säulen aus Bronze. Jene auf der rechten Seite nannte der Baumeister –"

„Bei diesem Baumeister handelt es sich um Meister Hiram aus Tyrus", unterbrach Holmes.

Schmunzelnd fuhr der Freimauer fort: „Die eine der Säulen nannte er Jachin, die auf der linken Seite Boas. J und B. Die beiden Säulen weisen auf die Gegensätzlichkeit alles Irdischen hin, auf Leben und Tod, Hell und Dunkel, Gut und Böse, männlich und weiblich –"

„Und es gibt", fuhr Holmes fort, „auch eine Erklärung für den Buchstaben M im Alten Testament."

Meister Hirams Gesicht verdunkelte sich, dann sagte er mit leiser Stimme: „Das Buch der Könige nennt als Inhalt der Bundeslade die zwei steinernen Tafeln, die Gott Moses übergab, mit dem Text des Bundes, den Gott mit Moses geschlossen hatte."

„Also M. wie Moses, wie Moriarty, wie Moran", ergänzte Holmes.

Der Freimaurer schwieg einige Zeit, dann sagte er: „Die Akazie oder Shittah ist für die Freimaurer ein Symbol des ewigen Lebens. Ein Akazienbaum wächst immer wieder, egal wie oft man ihn fällt, niederbrennt oder ausgräbt. Ein winziger Teil der Wurzel genügt, um den Baum wieder wachsen zu lassen."

„Und Aaron war der Name des älteren Bruders von Moses", fügte Sherlock Holmes noch hinzu.

Als Holmes am nächsten Morgen die *Times* durchblätterte, sprang er erregt vom Frühstückstisch auf. Das Blatt berichtete von einem Brand in der Modern Art-Galerie, dem Bilder des Malers Walter Sickert zum Opfer gefallen waren. Der Brandstifter, der das Feuer mit einem Kanister Benzin gelegt hatte, war selbst in den Flammen umgekommen. Es handelte sich, wie Scotland Yard mitteilte, um einen jungen Handelsvertreter namens Luke Marker aus Sussex.

Was hat den Verlobten von Mona Hatfield veranlaßt, die Bilder von Walter Sickert zu zerstören? fragte sich Sherlock Holmes. Dann setzte er sich mit Detective Hopkins in Verbindung und bat ihn, Sickert ausfindig zu machen, ihn für einige Zeit im Atheneum Club unterzubringen und ihn dort Tag und Nacht überwachen zu lassen. Der Detektiv wollte erstens den Maler in der sicheren Obhut des Clubs und von Scotland Yard wissen und zweitens in Sickerts Räumen im Fairmount Hotel ungestört nach weiteren Hinweisen suchen. Er lud Watson ein, ihn auf der Reise nach Sussex zu begleiten.

Als sie am Nachmittag in dem Haus am Channel ankamen, nahm Watson ein Zimmer mit Blick aufs Meer, direkt neben dem Apartment von Sherlock Holmes. Ein neues Hausmädchen namens Margret – sie war jung wie Mona, aber bei weitem nicht so hübsch – schleppte die Koffer in den ersten Stock und kümmerte sich um Watson. Als Holmes das Mädchen sah, verdüsterte sich seine Miene.

„Kommen Sie bitte, Mister Holmes, ich muß Ihnen etwas erklären“, bat Colonel Barkham, der an der Treppe auf den Detektiv gewartet hatte, und wies ihn in seine Räume.

„Geht es Ihnen wieder besser?“ erkundigte sich Holmes.

„Blendend. Ich bin Ihnen so dankbar, daß Sie mich damals beruhigt haben. Was für eine peinliche Angelegenheit.“

„Warum waren Sie so aufgebracht, als Mrs. Bromham Ihr Zimmer reinigte?“

„Ich wurde erpreßt. Wegen einer alten Geschichte in der Armee. Und ich hatte Angst, daß Mrs. Bromham die Briefe liest.“

„Es hat mit Verkleidungen zu tun, im weitesten Sinn. Nicht wahr, Colonel?“

Der kahlköpfige Mann erbleichte. „Um Gottes willen, Holmes. Sie dürfen mit niemandem darüber sprechen. Wie sind Sie zu diesem Wissen gelangt?“

„Das tut nichts zur Sache. Ich sehe kein Problem darin, wenn ein Mann Interesse an weiblichen Kleidungsstücken hat“, beruhigte ihn Holmes.

„Dann ist Ihnen auch nicht entgangen – Ich meine – Meine Schwester –“, stammelte Colonel Barkham.

„Die rote Perücke, die Sie in Ihre Schwester verwandelt? Nein, die ist mir natürlich nicht entgangen“, erwiderte Holmes und fügte rasch hinzu: „Aber ich sehe absolut kein Problem darin. Eines jeden Menschen Seele kennt ihre Abgründe.“

„Mr. Holmes. Ich weiß wirklich nicht –“

„Schon gut. Und warum waren Sie damals in London?“ lenkte der Detektiv das Gespräch auf ein anderes Thema.

„Ich mußte mich mit einem Freund beraten.“

„Ich werde alles unternehmen, um den Absender der Erpresserbriefe auszuschalten“, versprach Holmes.

„Sie haben eine Vermutung, wer dahinter steckt?"

Holmes nickte bedeutungsvoll und verabschiedete sich von Barkham.

Im Parterre suchte er Mrs. Bromham in ihrem Büro auf und bat sie, ihm den Schlüssel zu Walter Sickerts Apartment, das im zweiten Stock des Hotels lag, auszuhändigen. Die Hotelbesitzerin fragte nicht einmal, warum er ihn benötigte.

Systematisch durchsuchte er die drei Zimmer. Im Wohnzimmer, in dem das Atelier untergebracht war, stand noch eine Staffelei vor dem verklebten Fenster. Das breite Bett im Schlafzimmer unterschied sich von den anderen Betten des Hotels. Das weißlackierte Metallgestell, das in seiner einfachen Ausstattung an ein Krankenhausbett erinnerte, war Privatbesitz von Walter Sickert und erschien häufig als Motiv seiner Bilder. Im Schlafzimmer befanden sich auch ein großer Schreibtisch und ein Bücherschrank mit versperrten Türen.

Wie ein Chirurg öffnete Holmes mit filigranen Metallhaken die Schlösser, begutachtete den Inhalt der Fächer und Laden und verschloß sie wieder.

Er summte während dieser konzentrierten Arbeit vor sich hin, verstummte jedoch, als er auf einen im Schreibtisch eingebauten Metallsafe stieß. Er schrieb das Alphabet auf ein Blatt Papier und numerierte die einzelnen Buchstaben, dann gab er die Zahl 10 für J, den zehnten Buchstaben des Alphabets, 2 für B, sowie 13 für M, in das Zahlenkombinationsschloß ein.

Das Schloß gab nach!

Neben einigen geschäftlichen Papieren, die ihn nicht sonderlich interessierten, fand Holmes einen Skizzenblock des Malers. Walter Sickert hatte achtzehn detaillierte Kreidezeichnungen der Bundeslade angefertigt. Für Holmes waren die beiden Figuren mit den Engelsflügeln auf dem Deckel des Kastens besonders aufschlußreich. Bei Sickert wiesen die beiden Wesen tiefe Schnitte im Halsbereich auf.

Frisch und voll Tatendrang erschien der Detektiv zum Abendessen, wo er Watson mitteilte: „Der Fall kommt in die entscheidende Phase. Halten Sie sich bereit, Watson!“

„Warum schlagen wir nicht sofort zu, bevor noch mehr Unheil angerichtet wird?“ wollte Watson wissen.

„Denken Sie an den Akazienbaum, Watson, der immer wieder nachwächst, sooft man ihn umschneidet. Wir müssen die Gruppe endgültig vernichten. Es geht nicht an, daß in zehn, zwanzig Jahren neue Männer Moriartys Gedanken umsetzen. Wir sind dann nicht mehr am Leben und können nicht mehr eingreifen. Wir müssen hier und jetzt jedes Detail klären. Erst wenn wir völlige Gewißheit haben, schlagen wir zu. Und nehmen keine Rücksicht auf Freimaurer und Lords, die aus lächerlichen Gründen die Verfolgung dieser Verbrecher verhindern.“

„Wie soll es weitergehen?“ fragte der Doktor.

„Sie fahren nach Rolle.“

„Sie werden mir sicher verraten, wo sich Rolle befindet.“

„In der Schweiz, am Genfer See.“

„Muß das sein? Die Schweiz hat sich schon einmal als tödlich erwiesen“, wandte Watson ein.

„Tödlich für unsere Gegner, Watson, nicht für uns.“

Sherlock Holmes bat seinen Freund, er möge den Sohn von Lord und Lady Holbrook in seinem Internat im Chateau du Rosey am Genfer See aufsuchen und ihm zum Order of the Ark und zu Aaron Crowley Fragen stellen.

„Kommen Sie zu mir, sobald Sie zurück sind. Ich befinde mich in der Baker Street“, sagte Sherlock Holmes zu Watson. „Für das große Finale sind einige abschließende Vorbereitungen nötig.“

Kapitel 12

Bunte Träume

Zwei Tage war Watson unterwegs. Von Calais nahm er einen komfortablen Zug nach Paris. Die Route über die französischen Alpen nach Genf genoß der Doktor wegen der landschaftlichen Schönheit und der hervorragenden französischen Küche, deren Produkte im Speisewagen angeboten wurden.

In seinem Abteil hatte sich, als er sich im Zugrestaurant aufhielt, eine Schweizerin breitgemacht – eine Frau wie ein Schrank.

„Klotz, Utta Klotz", stellte sie sich mit dunkler Stimme vor und vernebelte mit dem Rauch ihrer Zigarre das Zugabteil.

Damit meinte der Doktor noch leben zu können. Unerträglich wurde die Situation, als sie einen Weidenkoffer öffnete und diesem allerlei kräftig riechendes Gemüse und hartgekochte Eier entnahm. Watson öffnete das Fenster des Abteils und holte tief Luft. Damit jedoch war Frau Klotz nicht einverstanden. Ohne ein Wort schloß sie das Fenster mit einem kräftigen Ruck. Watson hüstelte vor sich hin und erhob sich, um das Fenster erneut aufzumachen. Aber die Schweizerin pflanzte sich beinahe drohend vor ihm auf, so daß er sein Vorhaben entmutigt aufgab.

„Sie müssen wissen", wandte sich Frau Klotz in gebrochenem Englisch an ihn, „daß ich eine Anhängerin von Are Waerland bin, dem großen Reformer aus Schweden."

Ein endloser Vortrag über gesunden Pflanzenanbau, unverfälschte Nahrung und regelmäßigen Stuhlgang folgte. Dazwischen zermalmte Utta Klotz in ihren vollen roten Wangen Vollkornbrot, Tomaten, Gurken, Sellerie, Eier und Möhren.

„Ich rauche nur Tabak, der auf feinsten Humusböden gezogen wird. Das gibt Kraft“, verkündete sie schließlich und steckte sich eine weitere Zigarre an, die sie aber umgehend wieder ausdrückte, um im Eilschritt der Zugtoilette zuzustreben.

Watson öffnete das Fenster weit und begab sich wieder in den Speiseraum. Nachdem er eine Flasche Beaujolais geleert hatte, wagte sich der Doktor zurück in das Abteil, wo Utta Klotz friedlich vor sich hinröchelte. Der Alkohol half auch Watson, Ruhe zu finden. Er schlief bis Genf.

Eine Droschke brachte ihn an das Nordufer des Genfer Sees, nach Rolle, einem idyllischen Ort zwischen Genf und Lausanne. Das Internat Le Rosey, ein verträumt wirkendes Schloß mit einem mächtigen viereckigen Turm, lag in den Weinbergen mit Blick auf den See.

Hier ließe sich das Leben genießen, dachte der Doktor und ging zum Haupteingang der Schule. Er gab sich als Sir Samuel Holbrook, Onkel des Internatszöglings Leonard Holbrook, aus.

„Die jungen Herren sind gerade sportlich unterwegs, sie unternehmen einen Lauf durch die Weinberge. Wenn Sie bitte in unserer Bibliothek Platz nehmen wollen“, bat der korrekt gekleidete Sekretär in bestem Englisch mit nur leichtem Schweizer Akzent.

Watson hoffte sehr, daß der junge Lord auf das Spiel eingehen würde, sonst wäre die Reise umsonst gewesen.

Man bot Watson Kaffee und eine mehrere Tage alte Ausgabe der *Times* an.

Die Zeit verging, und dann stand ein hochgewachsener, sechzehn- oder siebzehnjähriger junger Mann vor ihm, der ihn beruhigenderweise sofort umarmte und Onkel nannte.

„Wie geht es dir denn, Leonard? Groß bist du geworden“, sagte der Doktor.

„Mir geht es blendend. Ich hoffe, du hattest eine gute Reise“, antwortete der junge Holbrook. „Du wirst doch im Internat wohnen, Onkel Sam. Die haben hier Zimmer für Angehörige. Dann können wir in Ruhe miteinander plaudern"

„Davon mache ich gerne Gebrauch, Lenny."

Nachdem Watson seinen Koffer auf das Zimmer gebracht, sich nach der langen Reise erfrischt und etwas ausgeruht hatte, lud er Leonard zu einem Abendessen in die *Auberge de Bugnaux* ein.

Weil „Onkel Sam" mit der französischen Sprache so seine Probleme hatte, erklärte ihm Leonard die Speisekarte und bestellte schließlich Seeforellen mit Petersilienkartoffeln und auf Leonards dringende Bitte für diesen als Dessert eine Schale mit Eiscreme und Schlagsahne.

Auch ein Glas Wein erlaubte der Onkel seinem Neffen mit dem Hintergedanken, ihn dadurch gesprächiger zu machen. Bei einer Tasse Kaffee und einem Glas Cognac begann Watson dem jungen Holbrook den Grund seines Besuches darzulegen. Er hatte sich entschlossen, mit der vollen Wahrheit herauszurücken. Leonard wirkte zu intelligent, um sich täuschen zu lassen.

„Mein Freund Sherlock Holmes und ich ermitteln in einem sehr ernsten Fall und wir hoffen, daß Sie, Leonard, uns Informationen zu Aaron Crowley und seinem Orden geben können. Wir würden gerne mehr über die Persönlichkeit von Mr. Crowley und seine Tätigkeit erfahren, so weit Sie Einblick bekommen konnten."

„Woher wissen Sie von meiner Verbindung zum Order of the Ark?" fragte der junge Mann.

„Sherlock Holmes hat mit Ihren Eltern Verbindung aufgenommen, und Ihr Vater hat ihn darauf hingewiesen."

„Dann wissen Sie auch von meiner peinlichen Verfehlung", flüsterte Leonard Holbrook errötend.

„Nein. Unser Wissen ist abstrakt, und wir hoffen, Sie können uns weiterhelfen."

„Wenn es Ihnen nichts ausmacht, Doktor Watson, schlage ich einen Spaziergang am See vor. Mir fällt es leichter zu erzählen, wenn wir unbeobachtet sind."

Die Seepromenade war um diese Zeit menschenleer. Die Sichel des zunehmenden Mondes spiegelte sich in den dunklen Wassern des Lac Léman, der seinerseits die Form einer Mondsichel hat.

„Ich war noch sehr jung und neugierig", begann Leonard Holbrook, „und geschmeichelt, als mich der reiche Mr. Crowley immer wieder zu Gesprächen in sein Haus bat. Er fragte mich nach meinen Zielen und Träumen und legte mir seine Weltanschauung dar. Mir imponierten die für mich völlig neue Gedankenwelt und die Pracht, mit der er sich umgab, und ich bemerkte nicht, wie er mich immer weiter in eine bestimmte Richtung drängte, die er mit ‚Radix' umschrieb. Eine Möglichkeit, in die Tiefe der Seele, der Welt und des Universums einzudringen. Wie er behauptete. All das entpuppte sich letztlich als gefährliche Illusion, an die er aber selbst zu glauben scheint."

„Wäre es möglich für Sie, mir mehr über diese Illusion zu erzählen?" fragte Watson vorsichtig.

Der junge Mann schwieg lange, dann atmete er tief durch: „Ich konnte die Angelegenheit mit einem Tutor im Internat aufarbeiten, aber die Erinnerung daran bewegt mich noch immer. Ich möchte lieber nichts dazu sagen."

„Hatte es mit Rauschmitteln zu tun?"

Überrascht blickte Leonard Holbrook Dr. Watson in die Augen: „Ja, er nimmt alles, was er kaufen kann. Von Morphium über Kokain bis zum Opium. Er muß sehr reich sein, denn diese Substanzen sind zwar überall in London erhältlich, aber kaum zu bezahlen."

„Ich weiß“, sagte Watson, „Ich bin Arzt, und ein Freund von mir war jahrelang der Sucht verfallen.“

„War das der Detektiv?“ wollte der junge Mann wissen.

„Ja, Holmes injizierte sich Kokain, um dem in seinen Augen langweiligen Dasein zu entkommen. Zum Glück läßt er seit längerer Zeit die Finger davon.“

Angeregt durch Watsons Offenheit begann der junge Mann zu erzählen: „Mr. Crowley gab mir bei meinen Besuchen in Selford Castle zu essen und zu trinken, und ich fühlte mich nach jedem Mahl freier und glücklicher. Ich befand mich in einem Schwebezustand, den ich damals nicht auf Rauschmittel zurückführte, sondern auf die belebende Freundschaft mit Crowley. Ich wollte immer wieder und immer öfter in seiner Gesellschaft sein, die mir völlig neue Perspektiven eröffnete, wie ich fälschlicherweise glaubte. Eines Abends, nachdem ich ein leichtes Mahl mit ihm eingenommen hatte, glitt ich in eine Art Trance, und er kündigte an, er werde mich an einem Geheimnis teilhaben lassen, das mein Leben verändern werde. Es war letztlich eine rein körperliche Angelegenheit. Und als ich mich am nächsten Tag ausgenüchtert daran erinnerte, erzählte ich in meiner Verwirrung meinem Vater davon, der völlig außer sich geriet und mich zu Verwandten nach Schottland brachte. Schließlich sandte man mich in dieses Internat. Und das erwies sich letzten Endes als Glücksfall, ich konnte mit jemandem in aller Ruhe über das Geschehene reden.“

„Was hat Ihnen Mr. Crowley von seiner Weltanschauung und seinen Plänen verraten?“

„Er sagte, ich könnte in der Hierarchie des Ordens durch Verdienst, aber auch durch Werke – ich vermute sehr, er meinte damit weitere peinliche körperliche Verrichtungen – immer höher aufsteigen, und mit jedem neuen Rang, den ich erreichte, würde ich in neue Geheimnisse eingeweiht. Ich bekam damals ein Buch, in dem für mich Unverständliches geschrieben stand."

„Es wäre äußerst wichtig für Sherlock Holmes und mich, einen Blick in diesen Text werfen zu können", sagte Watson.

„Kein Problem, ich gebe Ihnen das Buch mit."

Watson nahm die goldene Schatulle, in dem sich ein schmales, in schwarzes Leder gebundenes Buch befand, mit in das Gästezimmer des Chateau du Rosey und begann zu lesen.

Das erste Kapitel befaßte sich ausführlich mit dem Alten Testament. Der Begriff *Testament* wurde analysiert und als Bund, als Abkommen des Volkes mit Gott, erklärt. Das Alte Testament sei, so behauptete der Verfasser dieses Kapitels, der Schlüssel zum Verständnis von Religion, Politik, Literatur und Geschichtsschreibung. Das Samenkorn, die Wurzel allen Könnens und Wissens auf diesen Gebieten, sei in den Schriften des Alten Testaments enthalten. Gezeichnet war dieser Abschnitt des Buches mit M.

Das zweite Kapitel erzählte vom Bau des Tempels des Königs Salomon und von der Bundeslade. Ausführlich wurde das Alte Testament, Exodus 25, zitiert, wo Gott Moses folgende Anweisung gibt: „Mach eine Lade aus Akazienholz, zweieinhalb Ellen lang, anderthalb Ellen breit und anderthalb Ellen hoch! Überzieh sie innen und außen mit purem Gold, und bring daran ringsherum eine Goldleiste an! Gieß für sie vier Goldringe, und befestige sie an ihren vier Füßen, zwei Ringe an der einen Seite und zwei Ringe an der anderen Seite! Fertige Stangen aus Akazienholz an, und überzieh sie mit Gold! Steck die Stangen durch die Ringe an den Seiten der Lade, so daß man die Lade damit tragen kann. In die Lade sollst du die Bundesurkunde legen, die ich dir gebe. Verfertige auch eine Deckplatte! Mach je einen Cherub an dem einen und dem anderen Ende! Die Cherubim sollen die Flügel nach oben ausbreiten."

Über den Verbleib der Bundeslade berichtete das schwarze Buch, indem es das zweite Buch der Makkabäer zitierte: „Jeremia, der Prophet, ging hinaus zu dem Berg, auf dem Moses mit Gott gesprochen hatte. Dort fand er eine Höhle wie ein Haus. Er trug die Lade hinein, dann verschloß er den Eingang."

Auch dieser Teil des Buches war mit M. unterschrieben.

Aufmerksam betrachtete Watson die goldene Schatulle, in der sich das schwarze Buch befunden hatte. Es handelte sich eindeutig um eine verkleinerte Nachbildung der Bundeslade, wie sie hier beschrieben wurde. Dann wandte er sich wieder der Lektüre des Buches zu.

Im dritten Kapitel behauptete der Verfasser, daß Gral und Bundeslade ein und derselbe Gegenstand seien und daß ihm der Inhalt der Lade bekannt sei.

„Darüber mehr im dritten Kapitel dieses Werkes. M.", verhieß der Autor.

Dumm nur, daß damit das Buch endete. Es enthielt keine weiteren Abschnitte. Enttäuscht und ruhelos wanderte Watson im Zimmer auf und ab, bis er ein Klopfen an der Tür vernahm. Leonard Holbrook stand in einem bodenlangen weißen Nachthemd auf dem Gang, in der rechten Hand eine grüne Flasche.

„Ich kann nicht schlafen, darf ich?" fragte er, und Watson bat ihn einzutreten.

Lenny stellte die grüne Flasche auf den Tisch und bat Watson um Gläser, die dieser auf einem Wandschrank fand. Dann füllte der junge Holbrook ganz wenig Flüssigkeit in die Gläser.

„Alkohol ist uns strikt verboten. Aber zur Feier des Tages", erklärte er.

„Ich habe in Ihrem Buch gelesen. Eine wirklich interessante Lektüre, der der krönende Abschluß fehlt."

„Auf den krönenden Abschluß", sagte Lenny und hob sein Glas. „Mr. Crowley hat mir weitere Kapitel des Buches versprochen, je nach den Fortschritten, die ich beim Orden von der Bundeslade machen würde." Wieder wurde Leonard Holbrook verlegen und fügte hinzu: „Was immer er damit meinte."

„Jemand brachte ein Buch wie dieses zu Holmes und mir", lenkte der Doktor das Gespräch auf ein anderes Thema. „Leider konnte ich es selbst nicht lesen, und im Trubel der Ereignisse vergaß ich, Holmes über den Inhalt zu befragen. Das Buch, das der junge –, äh, das uns gebracht wurde, sah aus wie dieses hier, war aber vermutlich um einiges umfangreicher, soweit ich mich erinnere."

„Dann gehörte es jemandem, der tiefer als ich in die Geheimnisse des Ordens eingeweiht war."

„Möglicherweise", sagte Doktor Watson. „Ich werde mich jetzt zur Ruhe begeben, und ich denke –"

„Ja, werfen Sie mich nur hinaus", sagte Holbrook, dessen Augen glänzten. „Aber eines muß ich Ihnen schon sagen: Ich hätte Sie wirklich gerne als Onkel." Bei diesen Worten legte er sanft seine Hand auf Watsons rechten Arm.

„Gute Nacht, Lenny. Schlaf gut. Wir sehen uns morgen", sagte der Doktor verlegen.

Im letzten Punkt irrte Watson.

Er hatte zwar nur einen Schluck von dem Whisky getrunken, fühlte sich aber, als habe er ein stundenlanges Gelage hinter sich. Wahrscheinlich die lange Reise, vermutete der Doktor, legte sich in das ungewöhnlich weiche Bett und glitt in eine Welt der schlimmsten Alpträume.

In den bunten Traumbildern – Watson träumte sonst nie in Farbe – bewegte er sich in wirbelnden Kreisen in die Tiefe. Sein Begleiter war anfangs Leonard Holbrook, der aber immer stärker die scharfgeschnittenen Züge seines Freundes Sherlock Holmes annahm. Lächelnd streckte Watson die Hand aus, doch der Begleiter reagierte nicht, er blickte ernst nach vorne, wo sich ein Tor befand, über dem in dunklen Lettern eine Inschrift angebracht war: *Laß, der du eintrittst, jede Hoffnung fahren.*

Holmes legte dem zögernden Watson sanft die Hand auf den rechten Arm und führte ihn durch das Tor, hinter dem vollkommene Dunkelheit herrschte. Kein Stern blinkte am Himmel. Man sah nichts, absolut nichts. Aber er hörte jemanden atmen, und das war nicht Holmes. Ein tiefes, dumpfes Geräusch – wie von einem großen Tier.

Unablässig ging der Weg nach unten, in einem Trichter, der sich verengte. Immer stärker behinderte eine kalte, nasse Wand das Vorwärtskommen. Watson wollte weg, hinaus, aber Holmes hielt ihn fest. Wieder verwandelte sich das Gesicht von Holmes in das von Leonard Holbrook. Und Watson sah, daß er weinte.

Nach Luft ringend erwachte der Doktor. Es dauerte einige Minuten, bis er wußte, wo er war, dann überkam ihn eine so heftige Übelkeit, daß er kaum das Badezimmer erreichen konnte, bevor er sich erbrach.

Vor Erschöpfung und Kälte zitternd suchte er wieder die Wärme des Bettes.

Was war geschehen? Der Whisky, den ihm Leonard Holbrook angeboten hatte, mußte mit einem Rauschmittel versehen worden sein.

Watson fiel dieses Mal in einen tiefen, traumlosen Schlaf, aus dem er am Morgen unsanft geweckt wurde. Zwei uniformierte

Polizisten waren in sein Zimmer eingedrungen, rüttelten ihn wach und befahlen ihm, sich zu legitimieren. Watson kramte seinen Reisepass aus dem Jackett.

„Watson. Dr. John Watson", sagte der ältere Polizist mit dem eisgrauen Schnauzbart in gebrochenem Englisch. „Und Sie geben vor, der Onkel von Leonard Holbrook zu sein."

„Das kann ich erklären –", begann Watson, wurde aber unterbrochen.

„Nein, Sie kommen mit auf die Wache."

Tatsächlich landete Watson in der Gefängniszelle der örtlichen Polizei.

Im anschließenden Verhör, zu dem ein Dolmetscher hinzugezogen wurde, fragte man ihn immer wieder, was ihn dazu veranlaßt habe, sich als Onkel von Leonard Holbrook auszugeben, und welches schreckliche Rauschgift er dem armen Jungen eingeflößt habe.

„Was ist mit Leonard?" fragte Watson besorgt.

„Er wurde ins Spital gebracht, wo er hoffentlich gerettet werden kann. Er wurde ohnmächtig aufgefunden."

Watson erhoffte sich eine Klärung der peinlichen Lage, sobald der junge Holbrook fähig war zu sprechen, ersuchte aber auch, ein Telegramm an einen gewissen Sherlock Holmes zu schicken, nach London, in die Baker Street.

GROSSE SCHWIERIGKEITEN – HILFE DRINGEND NÖTIG – WATSON war der Wortlaut des Telegramms, den die Polizeibehörde von Rolle nach langer Beratung genehmigte.

Was für ein Narr ich doch bin! Was für ein verdammter Narr! waren Watsons letzte Gedanken, bevor er auf der harten Pritsche des Gefängnisses erschöpft einschlief.

Holmes hatte es sich gründlich überlegt. Der Detektiv wollte sich noch einmal von der weißen Göttin Burmas umarmen lassen. Er bestellte an jenem Nachmittag einen Hansom zum Haus in der Baker Street und ließ sich zu der Adresse im äußersten Osten der Metropole bringen, die auf der schwarzen Visitenkarte des burmesischen Magiers, den Holmes im Pub von Yapton kennengelernt hatte, in goldenen Lettern aufgedruckt war.

Der Türsteher, ein alter Burmese mit schütterem Haupthaar und Ziegenbart, nickte dem Detektiv schläfrig zu. In einer Keramikschale verbrannte der Alte scharf riechende Kräuter, deren narkotisierender Rauch ihm half, stundenlang fast regungslos am selben Platz auszuharren.

Holmes mußte sich bücken, so niedrig war der Raum, den er betrat. Es war wie die Heimkehr zu einer Mutter. Das süße Parfüm der Opiumpfeifen und die enorme Wärme des Kellerraums umarmten den verlorenen Sohn, um ihn großzügig wieder aufzunehmen.

Er stieg über einige der auf Polstern hingestreckten Träumer hinweg und bewegte sich auf ein lächelndes, weißgekleidetes Mädchen im hinteren Teil des Raumes zu. Mit einem Holzspan, den sie in den eisernen Ofen gehalten hatte, entzündete sie eine Pfeife und rauchte sie für ihn an. Dann reichte sie ihm das dampfende Instrument mit einem Lächeln und nannte den Preis.

Holmes bezahlte, sog den Dampf tief in die Lungen und ließ ihn auf die Mund- und Nasenschleimhäute einwirken. Als er schläfrig wurde, sank er in die weichen Kissen und sog weiter an der Pfeife. Er vergaß, wo er sich befand und die Menschen um sich herum. Er sah und spürte Farbe, ein gedämpftes, warmes Ocker. Ockerfarbige Bilder entfalteten sich. Er war wieder jung. Mrs. Hudson, seine Haushälterin in der Baker Street, lebte noch. Sie überreichte ihm ein Telegramm. Es kam von Doktor Watson. Aus der Schweiz. Der Doktor war in Schwierigkeiten. Holmes mußte ihm helfen.

Der Detektiv spürte etwas an seinem linken Handgelenk. Es fühlte sich an wie die feuchte Schnauze eines Hundes. Er sah eine Frau, sie mochte um die dreißig Jahre alt sein, an seinem Arm lecken. Er entzog ihr den Arm und rollte sich weg von ihr.

Holmes inhalierte weiter den Dampf aus der Pfeife und tauchte in hellgelbe, parfümierte Schwaden, aus denen sich die schemenhaften Gestalten von drei Männern abhoben. *Das sind nicht die Männer, denen man die Schuld nicht anlasten kann.* Kein Zweifel, es waren die Juwes, die einander die Arme um die Schultern gelegt hatten, die etwas feierten. Als sie Holmes erkannten, lösten sie sich voneinander, ihre Mienen wurden ernst.

Holmes wußte, daß er sie vernichten mußte, wenn er am Leben bleiben wollte. Er trat aus seinem Körper heraus, damit er sich selbst beobachten konnte. Er sah sich schreckliche Dinge tun, von denen er meinte, sie seien unumgänglich. Er erreichte einiges, und als er sich erschöpft ausruhen wollte, mußte er erkennen, daß eine schwarze Schlange, die er bisher übersehen hatte, die Flucht ergriff. Die Viper verschwand lautlos in einem Weizenfeld, das sich silbrig verfärbte. Dann wurden Holmes und sein Schatten wieder eins, er ging zu einem Brunnen mit kühlem Wasser, benetzte seine heiße Stirn und wusch seine Hände. Dann trocknete er sie mit einem weichen Tuch, nahm seine Violine und spielte.

Nun versank Holmes in einen tiefen Schlaf. Als er fröstelnd aufwachte, lag er allein in dem kühler gewordenen Kellergewölbe. Es war spät geworden.

Um nicht beraubt zu werden, hatte er die Pfundnoten, die er für den Kauf von Heroin mitgenommen hatte, in seinen Schuhen verborgen, die er nun auszog, um an das Geld zu kommen.

Mit höflichen Verbeugungen näherte sich ein jüngerer Burmese, und Holmes wickelte den Kauf ab.

Als er am Vormittag in der Baker Street eintraf, wartete Miss Lomax mit einem Telegramm auf ihn. Es stammte von Doktor Watson, der auf seiner Reise in die Schweiz in Schwierigkeiten geraten war.

Kapitel 13

Der erste der drei Juwes

„Ein perfider Anschlag auf das Leben des jungen Mannes, geschickt auf die geheimen Laster junger Männer abgestimmt“, meinte Holmes. „Ein Glück, daß Sie und der Junge nur wenig von dem Whisky getrunken haben.“

Der Detektiv hatte sich persönlich in die Schweiz begeben, um dem Doktor beizustehen.

Watson war nun in einer Pension in Rolle am Genfer See untergebracht. Aus dem Gefängnis war er entlassen worden, nachdem der junge Holbrook bei der örtlichen Polizei zu seinen Gunsten ausgesagt hatte. Die Schweizer Beamten fanden heraus, daß eine mit Morphium präparierte Flasche Whisky, die man Leonard per Post zugesandt und die dieser für einen besonders feierlichen Augenblick aufbewahrt hatte, Schuld am Zustand der beiden gewesen war.

Holmes studierte das goldene Kästchen und das schwarze Buch von Lenny Holbrook konzentriert, dann sagte er: „Nicht nur, daß Sie einen neuen Freund gewonnen haben, diesen außergewöhnlich intelligenten jungen Mann, Doktor, Sie haben mit Ihrer Reise in die Schweiz ganz wesentlich zur Klärung unseres Falles beigetragen.“

„Sehr freundlich von Ihnen, Holmes. Ein netter Versuch, mich zu trösten“, erwiderte Watson resigniert. „Ich werde es wohl nie lernen. Man soll aus den Mißgeschicken seines Lebens die richtigen Schlüsse ziehen.“

„Und die wären in Ihrem Fall?“ erkundigte sich der Detektiv.

„Mich ausschließlich meinen eigenen Belangen zu widmen und mich nicht in Ihre Arbeit einzumischen.“

„Aber, aber, mein lieber Watson! Sie haben sich nicht eingemischt. Ich hatte Sie um Hilfe gebeten. So wie ich Sie jetzt ersuche, mich in diesem Fall weiterhin zu unterstützen.“

„Dann“, forderte der Doktor, „müssen Sie mir einiges erklären. Ich sehe nichts als Chaos.“

„Man macht“, begann der Detektiv, „oft den Fehler, nur das zu sehen, was man versteht. Was verwirrt, blendet man aus. Dabei ist jedes Detail von Bedeutung, jedes Steinchen im Mosaik trägt zum Gesamtbild bei. Ein solcher Punkt in unserem Fall ist die Aufschrift im Hauseingang an der Goulston Street: ‚Die Juwes sind nicht die Männer, denen man die Schuld nicht anlasten kann’. Wir wissen nicht genau, wer das geschrieben hat und warum es geschrieben wurde. Tatsache ist jedoch, daß diese Worte existieren. Und das zweimal. Im Jahr 1888 und jetzt wieder, im Frühling des Jahres 1921. Dieses Mal unterschrieben mit M.“

„Ja, aber –“

„Als Freimaurer, mein lieber Watson, wissen Sie, wer die drei Juwes waren.“

„So weit ich mich erinnere, sind das die Männer, welche den Erbauer des salomonischen Tempels ermordeten“, sagte John Watson.

„Die Juwes, Jubela, Jubelo und Jubelum, waren die Mörder des Baumeisters Hiram, der Freimaurerlegende zufolge. Die Ripper-Morde weisen in grausigen Details Parallelen zu der Art auf, wie die Juwes für ihren Mord an Hiram bestraft wurden. Und dies ist ein wichtiger Hinweis für uns, wie wir weiter vorzugehen haben.“

„Inwiefern. Was meinen Sie damit, Holmes?“

„Das ist doch eindeutig. Wir werden die drei Juwes unschädlich machen. Und zwar mit Hilfe der charakterlichen Schwächen jedes dieser Männer. Diese Vipern sollen an ihrem eigenen Gift verenden. Daher schlage ich vor, daß wir unverzüglich nach England zurückkehren."

„Aber nicht, bevor ich mich von Leonard verabschiedet habe", sagte der Doktor.

„Selbstredend."

Holmes und Watson hatten wieder Quartier in der Baker Street bezogen.

„Wir müssen uns im Zentrum des Geschehens aufhalten", verkündete Holmes, und dem Doktor war die Abwechslung willkommen.

„Sie sagten, wir würden die drei Juwes mit ihren eigenen Waffen schlagen, Holmes."

„Mit Hilfe ihrer Schwächen und Laster, Watson. Und dazu benötigen wir erst einmal die Kunst in Gestalt des Malers Sickert", meinte Holmes.

Mit Watson und Detective Hopkins vom Yard, der Sickert die letzten Tage hatte überwachen lassen, begab sich Sherlock Holmes in das Gebäude des Atheneum Club.

Sickert war in den vergangenen Tagen sichtlich gealtert. Seine Haut wirkte grau, dunkle Ringe lagen unter seinen Augen. Und das nicht nur, weil er das Haus nicht verlassen durfte. „Eine Katastrophe. Wichtige Teile meines Lebenswerks wurden durch diesen Brand zerstört. Die Arbeit der letzten fünf Jahre ist vernichtet."

„Und ein Mensch kam in der brennenden Galerie um", bemerkte Stanley Hopkins.

„Ja, der Attentäter, der Wahnsinnige, der mein Werk zerstört hat.“

„Sie irren, Mr. Sickert“, wandte Detective Hopkins ein, „Der Mann ist selbst ein Opfer. Er wurde von denen, die den Brand gelegt hatten, betäubt, vermutlich mit Äther, und in die Räume der Modern Art-Galerie gebracht. Er hatte, vermuten wir, auf der Suche nach seiner Freundin zu viel über die wahren Täter erfahren.“

„Jedenfalls brauchen wir jetzt Ihre Hilfe, Sickert“, sagte Holmes.

„Ich wüßte nicht, wie –“

„Aber *ich* weiß es“, unterbrach ihn Holmes. „Sie werden ein Gemälde von Mr. Ratcliffe aus Boston anfertigen, und zwar in Rekordzeit. Dann wird unser Freund Holding einen Zeitungsartikel über die wunderbare Rettung der meisten Ihrer Bilder verfassen, mit einem Foto, das Sie mit dem Gemälde zeigt, auf dem Ratcliffe abgebildet ist.“

„Aber –“ wollte Sickert ausweichen.

„Was benötigen Sie dazu? Das Bild muß morgen Vormittag fertig sein, der Fotoreporter kommt um zehn in den Club, der Artikel soll übermorgen erscheinen“, bestimmte Holmes.

„Das ist doch gefährlich“, klagte Sickert.

„Ja“, bestätigte Sherlock Holmes. „So gefährlich, wie sich mit dem Order of the Ark einzulassen.“ Bei diesen Worten zog Holmes den Skizzenblock, den er in Sickerts Tresor in dessen Zimmer im Fairmount Hotel entdeckt hatte, aus seinem Paletot. „Auch Sie sind ein Bruder des Ordens der Bundeslade, Sickert. Leugnen hat keinen Zweck.“

„Ich leugne ja nicht. All das Unheil, das über mich, Mona Hatfield, ihren Vater und ihren Freund hereingebrochen ist, hat damit zu tun, daß ich dieser Gruppe nicht länger angehören will.“

„So, so“, bemerkte Holmes.

Zwei Angestellte des Atheneum Clubs brachten Staffelei, Leinwand, Kreiden, Ölfarben und Pinsel in Sickerts Zimmer.

„Es geht nicht“, klagte der Maler. „Ich male nur nach Modellen oder Bildern. Ich kann das nicht. Ich sehe den Mann nicht vor meinem inneren Auge.“

„Dem kann abgeholfen werden“, sagte Holmes und bat Detective Hopkins, einen Beamten mit einem schnellen Fahrzeug nach Sussex in die South Downs zu schicken, in ein Landhaus.

Er übergab dem Detective, der darauf bestand, die Fahrt selbst zu übernehmen, einen Brief, in dem gebeten wurde, Sherlock Holmes und Scotland Yard ein bestimmtes Gemälde leihweise zu überlassen.

„Damit verzögert sich die Veröffentlichung in der *Times* zwar um einen Tag, aber sie wird um so wirkungsvoller sein“, hoffte Holmes.

Die *Times* hatte den Bericht ihres Sonderkorrespondenten auf Seite fünf plaziert, mit einem ungewöhnlich großen Foto, das Walter Sickert neben einem Gemälde zeigte, auf dem Ratcliffe abgebildet war. Dem Artikel war zu entnehmen, daß der Maler mit seinen geretteten Bildern vorübergehend bei dem berühmten Detektiv Sherlock Holmes und seinem Mitarbeiter Dr. John Watson in der Baker Street untergebracht war.

Es verging ein halber Tag, bis Miss Lomax einen Besucher meldete, der Mr. Sickert und natürlich Sherlock Holmes sprechen wollte.

Holmes hatte die schlurfenden Schritte im Treppenhaus wahrgenommen und den Maler gebeten, sich in das Gästezimmer zu begeben.

In seinem Arbeitsraum empfing Sherlock Holmes den Besucher, einen ihm unbekannten Mann unbestimmten Alters mit sehr dunklem Haar und einem kurzgehaltenen schwarzen Bart. Der Mann, der einen Stock benutzte und leicht hinkte, stellte sich als Ronald Portland vor, seines Zeichens Kunstmäzen, der den so schwer getroffenen Maler unterstützen wolle.

„Ich kann den Bildern von Mr. Sickert einen würdigen Rahmen in einer Galerie geben und möchte ihn nach diesem schweren Schlag auch finanziell unterstützen. Was für eine wunderbare Nachricht, daß die meisten Bilder gerettet werden konnten. Wo sind die Bilder, wo ist der Künstler?“ fragte der Mann enthusiastisch.

Holmes ließ Miss Lomax Tee und Sandwiches bringen und entfernte sich nach einer Entschuldigung aus dem Zimmer. Durch die Glasscheibe, die im Arbeitsraum verspiegelt war, konnte er beobachten, wie der Fremde aus einer Tasche seines Jacketts ein braunes Fläschchen zog und dessen Inhalt in die Teetassen goß, die für Holmes und den Maler bestimmt waren.

Mit Dr. Watson, der ebenfalls im Nebenraum gewartet hatte, kam der Detektiv in das Arbeitszimmer zurück. „Darf ich Ihnen meinen Mitarbeiter Dr. John Watson vorstellen“, sagte er und klingelte nach Miss Lomax. „Bitte noch ein weiteres Gedeck für Mr. Sickert.“ Dann an den Gast gewandt: „Wenn Sie dem Doktor folgen wollen. Er bringt Sie in das Gästezimmer zu unserem Künstler.“

Sherlock Holmes entfernte, als er allein im Raum war, die von dem Fremden manipulierten Teetassen vom Tisch, ersetzte sie durch frische und träufelte aus einem der Fläschchen seines Labors in zwei der Tassen einige Tropfen einer milchigen Flüssigkeit.

„Die restlichen Bilder sind vorübergehend im Keller des Gebäudes untergebracht. Ich werde sie Ihnen nach einer kleinen

Erfrischung zeigen“, sagte der Maler zu Portland, nachdem er die Gemälde in Augenschein genommen hatte.

Die Männer kehrten zu Holmes zurück und aßen Sandwiches und tranken Tee.

Schon nach dem ersten Schluck wurde der Fremde unruhig. Er hob die Tasse, die er auf den Tisch zurückgestellt hatte, erneut in die Höhe, aber nicht um zu trinken, sondern um ihren Inhalt einer Prüfung zu unterziehen. Er betrachtete das Getränk, dann roch er vorsichtig daran. Schließlich nahm er einen weiteren Schluck, dessen Geschmack er prüfte.

Portlands Augen weiteten sich erschreckt, er spuckte die Flüssigkeit auf den Boden und ließ die Tasse auf den Tisch fallen, daß sie zerbrach und ihr Inhalt langsam im Tischtuch versickerte. „Mit dem Tee ist etwas nicht in Ordnung“, schrie er in Panik und griff sich an die Kehle.

„Aber nein“, meinte Holmes. „Ich denke, er schmeckt wie immer.“

„Sie haben die Tassen vertauscht, Sie Teufel“, schrie Mr. Portland.

Sowohl der Maler als auch der Fremde begannen zu schwitzen und über Übelkeit zu klagen, schließlich litten sie an Atemnot. Allmählich beruhigten sie sich jedoch und fielen in einen Rauschzustand, in dem sie unkontrolliert zu plappern begannen.

„Die Substanz, die ich ihnen verabreicht habe, ist Meskalin, eine relativ ungefährliche Substanz, aus einem Kaktus namens Peyotl gewonnen“, erklärte Holmes dem erstaunten Doktor.

„Ich halte das für ethisch nicht vertretbar und möchte als Arzt damit nicht in Verbindung gebracht werden“, protestierte dieser.

„Dann muß ich Sie ersuchen, einen Spaziergang zu unternehmen“, schlug ihm Holmes trocken vor.

Doch der Doktor blieb sitzen.

„Hat die Neugier Ihre Skrupel besiegt, Watson?“ fragte Holmes.

„Ich bleibe, um den Herren, wenn nötig, medizinischen Beistand zu leisten.“

„Das ist wirklich freundlich von Ihnen, mein lieber Watson“, sagte der Detektiv und stellte gezielte Fragen an die beiden Männer, die diese, zwar in der Artikulation undeutlich, aber ohne jede Zurückhaltung beantworteten.

Nach einiger Zeit redeten der Maler und der Fremde noch immer, waren aber kaum mehr zu verstehen. Langsam lallten sie letzte Worte, dann sackte der Maler in sich zusammen und schlief ein. Dasselbe geschah wenige Augenblicke später mit dem dunkelhaarigen Fremden.

Holmes suchte das Badezimmer auf und kehrte wieder mit seinem geöffneten Rasiermesser, dessen Schneide er an den Hals des besinnungslosen Portland setzte.

„Sind Sie absolut verrückt geworden, Holmes? Tun Sie es nicht!“ schrie der Doktor und sprang auf.

„Der Augenschein täuscht. Ich werde unseren Freund rasieren. Und dann werden auch Sie erkennen, um wen es sich handelt.“

Sorgfältig schabte der Detektiv den schwarzen Bart von Wange und Kinn des Fremden.

„Erkennen Sie ihn, Watson?“ frage Holmes.

„Nein. Natürlich nicht. Obwohl –“

„Obwohl Ihnen seine Gesichtszüge nicht ganz unbekannt sind. Denken Sie nach, denken Sie zurück an unseren ersten gemeinsamen Ausflug in die South Downs, nach Lamberley, an den Fall des Vampirs von Sussex.“

„Aber natürlich. Der Junge. Der fünfzehnjährige Jack Ferguson, der seinen Stiefbruder mit Pfeilgift töten wollte.“

„Und der seitdem seine gesamte Familie ausgerottet hat. Der als einer der drei Juwes Unheil nach Sussex gebracht hat.“

Der Fremde hatte zu stöhnen begonnen.

„Er kommt zu sich“, sagte Watson. „Was sollen wir mit ihm tun?“

„Wir transportieren ihn in das Gästezimmer und ersuchen ihn, ein Geständnis zu verfassen und zu unterschreiben. Packen Sie an, Watson. Nehmen Sie ihn an den Beinen. Aber vorsichtig, wegen seines Rückenleidens. Er trägt heute sein Stützkorsett nicht. Er wollte nicht, daß ich ihn erkenne.“

„Sie haben ihn als Erwachsenen gesehen, Holmes?“

„Natürlich. Er war zu Gast im Hotel, gab sich als Mr. Ratcliffe aus Boston aus, seine Yacht lag in der Bucht. Er brachte Gift und Tod für Mensch und Pflanzen.“

„Und wann haben Sie ihn wiedererkannt?“ wollte Watson wissen.

„Nicht gleich. Erst als ich das Gemälde im Landhaus der Fergusons sah, das den etwa dreißigjährigen Jacky darstellt, wußte ich, was gespielt wird.“

„Was haben Sie mit mir vor?“ stöhnte Jack Ferguson, der zu sich kam.

„Sie werden ein Geständnis schreiben, und dann verständigen wir Scotland Yard“, befahl Holmes knapp und verschloß die Tür zum Gästezimmer.

„Ich verstehe nicht ganz“, murmelte Watson. „Warum ein schriftliches Geständnis? Wir können die Polizei sofort kommen lassen.“

Nach einer Viertelstunde sah er, was Holmes bezweckt hatte.

Als sie den Raum wieder betraten, fanden sie den leblosen Körper von Jack Ferguson. Er hatte das Gift getrunken, das für den Maler und für Holmes bestimmt gewesen war.

Auf das Blatt Papier, das ihm Holmes auf den Tisch gelegt hatte, hatte er drei Wörter geschrieben: „Akazie“ und „für immer“.

„Hier irrt Jack Ferguson ein weiteres Mal“, sagte der Detektiv.

Kapitel 14

Der zweite der drei Juwes

„Die Yacht Acacia liegt in Twickenham vor Anker, bei Selford Castle“, sagte Sherlock Holmes und schlug Watson einen Ausflug nach Eel Pie Island vor.

Watson mußte immer wieder einen schnellen Blick auf den Detektiv werfen. Dieser wirkte um Jahrzehnte verjüngt, hatte dunkles, volles Haar und trug einen verwegenen Schnurrbart, sogar seine Schritte schienen federnder und jugendlicher denn je. Sherlock Holmes trug einen dunklen Zweireiher und beinahe dandyhafte Bundschuhe.

„Meine Maske für einen schweren Auftritt“, nannte er die Verkleidung.

Beim Parlamentsgebäude bestiegen Holmes und Watson das Schiff und tauchten bald in den Frühling an der Themse mit seinen unzähligen blühenden Fliederbüschen an den Ufern ein. Das warme Wetter der letzten Tage hatte die Knospen der Sträucher geöffnet. Holmes und Watson genossen die Flußfahrt trotz der schwierigen Aufgabe, die sie am Zielort erwartete.

„Wenn wir die Lösung dieses Falles überleben, müssen Sie unbedingt einige Tage im Fairmount Hotel Urlaub machen. Der Mai und der Juni sind die schönsten Monate des Jahres“, schwärmte Holmes.

„Daran habe ich keinen Zweifel“, sagte Watson. Und als ihn Holmes fragend anschaute, fügte er hinzu: „Daß wir den Fall überleben werden, meine ich.“

Als das Schiff auf Eel Pie Island anlegte, wandte sich Holmes mit einer Bitte an seinen Begleiter: „Während Sie die Eltern des jungen Holbrook in Holbrook Hall aufsuchen und ihnen von Ihrem Besuch bei Leonard in der Schweiz berichten, werde ich mich bei den Nachbarn auf Selford Castle umsehen. Wenn Sie innerhalb der nächsten sechs Stunden kein Zeichen von mir bekommen, benötige ich Ihre Hilfe."

„Sie können auf mich zählen, Holmes. Wie immer", versicherte John Watson.

Holmes, elegant und jugendlich, mit einer schweren Aktentasche aus beigem Leder in der Hand, steuerte die Einfahrt von Selford Castle an. Die Eisentore zum Schloß öffneten sich, kurz nachdem Holmes den Klingelknopf betätigt hatte.

Wirklich überrascht war der Detektiv, als ihm die Tür zum Schloß von jemandem geöffnet wurde, den er kannte. Aber was für eine Veränderung war in diesen wenigen Tagen im Gesicht von Anne vor sich gegangen. Er hatte sie als Hausmädchen von Sir Alfred und Lady Holbrook kennengelernt, als strahlend junges Mädchen mit gesunden roten Wangen.

Vor ihm stand ein bleiches, blutleeres Geschöpf mit wirrem, fettigem Haar und entrücktem Blick, das ihn in seiner Verkleidung nicht erkannte.

Holmes stellte sich als Stuart Milford vor, der die persönliche Begegnung mit dem Großen Meister der Magie, Aaron Crowley, suche.

„Einen Augenblick. Ich werde Sie melden", sagte Anne und bat Holmes alias Milford nach wenigen Minuten in einen Saal des Schlosses.

Es handelte sich um die Bibliothek. Drei Wände des Raums

waren vom Boden bis zur Decke mit Folianten in Regalen bedeckt.

Ein beleibter Mann Anfang fünfzig begrüßte Holmes. Er war in einen schwarzen Umhang gehüllt, ähnlich dem eines Mönchs. „Ich bin der Meister des Order of the Ark“, sagte er mit dunkler, sanfter Stimme. „Und wer sind Sie?“

„Ich bin Stuart Milford, Verleger in London, Milford Press. Ich interessiere mich für Ihre Texte, Meister.“

„Ein günstiges Geschick führt Sie zu mir, Milford. Ich habe soeben das Manuskript meines opus magnum vollendet und suche einen würdigen Partner, es an die Öffentlichkeit zu bringen.“

„Das habe ich gespürt. Eine unbezwingbare Energie hat mich auf die Reise zu Ihnen geführt“, meinte Holmes salbungsvoll.

„Mein Buch ist die Bibel des Order of the Ark. Eine Sensation, die dieses Jahrhundert formen wird.“

„Sie machen mich wirklich neugierig. Ist es möglich, einen Blick in das Manuskript zu werfen?“

„Natürlich. Gegen einen entsprechenden Vorschuß auf das Honorar werde ich es Ihnen gerne anvertrauen.“

Holmes händigte Aaron Crowley eine Visitenkarte aus und öffnete seine Aktentasche, der er ein Paket entnahm. „Die Substanz, aus der Visionen sind“, verhieß Holmes.

Mit gierigem Blick, wobei er immer wieder seine weißbelegte Zunge vorschnellen ließ, öffnete Aaron Crowley das Paket und fand in ihm jenes weiße Pulver, aus dem er und seine Jünger Kraft und Phantasie bezogen: Heroin von höchster Qualität. Er befeuchtete seinen Zeigefinger, steckte ihn in das Opiat und leckte gierig daran. „Sie werden nun Gelegenheit haben, Mr. Milford, an einer Zeremonie des Ordens teilzunehmen. Ich will Ihnen die Kraft und die Herrlichkeit der Bundeslade demonstrieren.“

„Zuvor ersuche ich Sie aber um Ihren Teil unserer geschäftlichen Abmachung“, sagte Holmes, und als ihn Aaron Crowley verwundert anschaute, erklärte er: „Das Manuskript Ihres großen Werkes.“

Holmes beobachtete mit Interesse den Meister des Order of the Ark, der aus seiner schwarzseidenen Kutte eine kleine Glocke zog, mit der er das Hausmädchen herbeirief. Er gab Anne den Auftrag, die Heilige Lade in die Bibliothek zu bringen, für ein wunderbares Sakrament, das er mit dem Gast aus London feiern würde.

Die Bedienstete verließ unsicheren Schrittes den Raum, wobei ihr Crowley lange mit Wohlgefallen nachblickte. „Es ist nicht leicht, geeignetes Personal zu finden“, bemerkte er.

„Das kann ich mir denken“, stimmte Holmes seinem Gastgeber zu. „Es ist schon ein Problem in London. Um wieviel schwieriger muß das auf dem Land sein.“

„Sie ist ein Rohdiamant, den ich zu schleifen begonnen habe.“

Anne kehrte mit einer goldenen Truhe, die sie behutsam auf den Schreibtisch stellte, in den Saal zurück. Aaron Crowley nickte ihr zu, das Mädchen verließ lautlos den Raum. Mit einem goldenen Schlüssel, den er an einem Band um den Hals trug, öffnete Meister Crowley die Schatulle und entnahm ihr ein umfangreiches handgeschriebenes Konvolut, dem Zeichnungen beigefügt waren. Holmes sah auf den ersten Blick, daß diese von Walter Sickert stammen mußten.

Holmes studierte das Material, erkannte aber sofort, daß der Inhalt nichts mit den bereits von ihm analysierten drei Büchern zu tun hatte. Auch die Handschrift unterschied sich deutlich von derjenigen, die er in den schwarzen Büchern von Stephen Moriarty, Inspector Abberline und Leonard Holbrook gesehen hatte.

Inzwischen griff Crowley erneut in die goldene Lade und

zog ein mächtiges Schlachtmesser heraus. Holmes beobachtete ihn genau aus den Augenwinkeln, jederzeit zum Sprung bereit. Aber die Vorsicht war nicht nötig, Aaron Crowley brachte sich mit der scharfen Klinge selbst Schnitte in der Form des Buchstaben M in den Unterarm bei.

Als die Wunde zu bluten begann, streute er Heroin darauf, spuckte auf das Pulver und verrieb es. Er begann tief zu atmen, verdrehte die Augen und verstummte. Minuten vergingen, der Meister des Ordens von der Bundeslade atmete immer heftiger, bis ihn ein Hustenkrampf erschütterte.

„Das ist ausgezeichnetes Material. Woher haben Sie es?" fragte er Holmes.

„Wir importieren es aus Burma und verfeinern es. Es ist das beste, das Sie in unserem Land bekommen können. Ihrer schriftstellerischen Leistung ebenbürtig."

Aaron Crowley lächelte milde, dann begann er ein Mantra zu beten: „Ohhm ahhm uhhm" intonierte er mit tiefer, vibrierender Stimme, immer wieder unterbrochen von asthmaähnlichen Hustenanfällen.

Sherlock Holmes wartete, bis sich der Meister in tiefe Trance versetzt hatte, dann wandte er sich wieder an ihn: „Haben Sie in Ihrem Manuskript auch über Jack geschrieben?"

„Jack?" fragte Aaron Crowley. Es war das einzige Wort, das er verstanden hatte.

„Jack. Jack the Ripper."

„Jack the Ripper", sang Aaron Crowley lächelnd.

„Jack the Ripper", sang Holmes in einer ähnlichen Melodie wie Crowley.

„Die Heilige Dreifaltigkeit", sagte Aaron Crowley in verschwommener Artikulation.

„Die drei Juwes", warf Holmes sanft ein.

„Juwes", sang Aaron Crowley.

„Colonel Moran hat Ihnen gezeigt, wie man es macht“, sagte Holmes.

„Er war mein Lehrer. Aber jetzt, jetzt bin ich größer als er. Größer als sie alle. Der Größte.“

„Sie sind der Größte, Crowley“, schmeichelte Holmes.

„Ich bin der Größte.“

„Colonel Sebastian Moran hat die erste Frau getötet.“

„Weil sie zuviel von ihm wußte. Sie hatte ihm“, flüsterte Aaron Crowley, „Schriftstücke gestohlen, als er sich mit ihr vergnügte.“

„Schriftstücke mit Material, mit dem die Spitzen der Gesellschaft erpreßt werden konnten“, präzisierte Holmes.

„Bis hinauf zum Königshaus.“

„Bis zum homosexuellen Prinzen!“

„Sie gab die Schriftstücke nicht heraus, obwohl er ihr das Messer ansetzte. Die Dokumente sind in der Wohnung einer Freundin, behauptete sie. Wohnung! Freundin!“ schnaubte Crowley verächtlich. „Von Freundin und Wohnung keine Rede. Dreckige, geschlechtskranke Huren waren es, die, wenn überhaupt irgendwo, in verwanzten Dreckshöhlen hausten. Und dann glaubte die Hure noch besonders schlau zu sein. Tun Sie mir nichts, sagte sie, ich habe Sie meinen Freundinnen beschrieben. Sie wissen von Ihnen. Und nannte ihm die Namen der Frauen, das einfältige Stück. Als er das wußte, brauchte er sie nicht mehr. Er konnte die Hure schlachten.“

„Und Sie sahen zu und lernten.“

„Ja“, hauchte Crowley. „Wir haben von da an selbständig gearbeitet. Jedes Mal besser, jedes Mal gründlicher. Die Frauen, die von Moran wußten, beseitigten wir der Reihe nach.“

„Sie und Ihr kleiner Bruder.“

„Ja. Ich und mein geliebter Aleister.“

„Der Kutscher, der Sie von den Tatorten wegbrachte, hieß Rupert. Rupert Hatfield.“

„Rupert Hatfield.“

„Dumm nur, daß zwei der Frauen den Namen Kelly trugen und Sie zuerst die Falsche erwischten“, sagte Holmes.

„Kein Problem. Es machte uns Spaß.“

„Ihr kleiner Bruder war immer dabei?“

„Aleister begleitete mich überallhin. Er ging durch meine Schule. Er ist für Großes ausersehen“, sagte Aaron Crowley stolz.

„Wo hält sich Ihr Bruder derzeit auf?“

„Er ist auf den Kontinent gereist, nach Deutschland, um die Menschen dort zu erwecken. Große Ereignisse kündigen sich an. Aleister ist ihr Prophet.“

„Und warum haben Sie mit den Tötungen aufgehört?“ fragte Holmes.

„Ich mußte aufhören. Moran zwang mich dazu. Obwohl ich –“

„Obwohl Sie auch danach immer wieder –“

„Wir machten weiter, ja. Aber Moran sollte nichts davon wissen.“

„Ich habe beim Blättern in Ihrem Manuskript gesehen, daß Sie ein Kenner des Tanach, des Alten Testaments, sind, Meister.“

„Wir haben uns intensiv damit beschäftigt. Ein Werk von unendlicher Bedeutung, wenn man es richtig auslegt.“

„Erläutern Sie mir bitte, was Sie damit meinen“, bat Holmes.

„Wenn man den Mut aufbringt, selbständig zu denken, zu zweifeln, ob das Gute wirklich gut und das Böse wirklich schlecht ist, wird der Tanach zu einem Quell unendlicher Kraft. Ich beweise das in meinem Buch Schritt für Schritt. Nehmen Sie die Schöpfungsgeschichte und die Vertreibung der ersten Menschen aus dem Paradies. Die Früchte des Apfelbaums, von der Schlange beschützt, ermöglichen den Menschen einen Blick hinter die Fassade des Seins. Das machthungrige Wesen, das sich Jehova nennt, verbietet seinen Untertanen, davon zu essen. Es geht ihm ausschließlich um den Erhalt seiner Macht, und er bestraft sie und den Wächter des Baums, indem er die Angst in die Welt schickt. Ein brutaler Gott der Macht und der Angst. Klar ist aber auch, daß es ein Mittel gibt, ihn und die Angst zu besiegen und selbst zu herrschen."

„Erzählen Sie, Meister Crowley! Wie ist das möglich?"

„Indem Sie die Früchte des Baums essen."

„Was meinen Sie damit?"

„Das wissen Sie doch, Mr. Milford."

Aaron Crowley zeigte auf das Paket mit dem weißen Pulver, das Holmes mitgebracht hatte.

„Jetzt verstehe ich", sagte Holmes. „Noch eine Portion, Meister?"

„Jaaah. Diese Substanz ist traumhaft gut. Warten Sie", sagte Aaron Crowley und fügte sich einen weiteren tiefen Schnitt in den rechten Unterarm zu. „Sonst dauert es zu lange."

Er rieb sich eine erhebliche Menge Heroin, das sich mit dem Blut zu einem rosafarbigen Brei vermischte, in die Wunde.

„Mein Gott", keuchte er, dann rang er nach Luft und stürzte zu Boden.

Während sich der zweite der drei Juwes im Todeskampf wie eine zertretene Viper wand, öffnete Holmes die goldene Schatulle. Er fand in ihr einen silbernen Löffel, eine Kerze, Zündhölzer und eine Injektionsspritze.

Das Werkzeug seiner Sucht, dachte der Detektiv. Er wartete, bis sich Crowley nicht mehr bewegte. Dann überzeugte er sich, daß das Herz des Mannes zu schlagen aufgehört hatte, und entnahm seinem Umhang die silberne Glocke, mit der er das Hausmädchen in die Bibliothek rief.

„Erkennen Sie mich nicht, Anne?“ fragte Holmes das junge Mädchen, das ihn lange traurig anschaute und dann still den Kopf schüttelte. „Wir begegneten uns, als Sie noch für Sir Alfred und Lady Holbrook arbeiteten.

Als Holmes ihre früheren Dienstgeber erwähnte, huschte ein wehmütiges Lächeln über ihr Gesicht.

„Kommen Sie mit, Anne, ich bringe Sie zurück zu den Holbrooks“, schlug der Detektiv vor.

„Das ist nicht möglich. Mir ist nicht zu helfen“, flüsterte das Mädchen mit monotoner Stimme.

„Das sehe ich anders. Ich werde als Fürsprecher für Sie auftreten.“

„Was ist mit ihm?“ fragte Anne, als sie den leblosen Körper von Aaron Crowley auf dem Boden liegen sah.

„Er wird niemandem mehr schaden können.“

Als Anne diese Worte hörte, löste sich allmählich ihre Anspannung, und sie begann zu weinen. Holmes beruhigte das schluchzende Mädchen und zog sie dann aus der Bibliothek.

Mit Anne am rechten Arm und seiner Aktentasche mit Aaron Crowleys Manuskript in der Linken verließ der Detektiv Selford Castle. Er nahm den Weg durch den Park zu der seichten Stelle im Bach, die er erst unlängst mit den Schwestern der Sonne durchquert hatte, um zu Watson im benachbarten Gutsgebäude der Holbrooks zu gelangen.

Bevor er das Wasser durchquerte, entledigte er sich seiner eleganten Schuhe und Socken. Anne, die ihm in einer Art Trance folgte, marschierte ungerührt in Schuhen durch das kalte Wasser.

Sir Alfred und Lady Holbrook kümmerten sich rührend um ihr ehemaliges Hausmädchen, nachdem Doktor Watson in einer ersten Untersuchung festgestellt hatte, daß das Mädchen zwar noch unter dem Einfluß von Opiaten stand, ansonsten aber gesund war.

„Geben Sie ihr eine Chance. Sie muß viel durchgemacht haben in den letzten Tagen“, sagte Holmes. „Die Gefahr ist gebannt. Ihr Nachbar wird für Sie und für Anne keine Gefahr mehr darstellen.“

Dann führte er ein langes Telefongespräch mit Detective Stanley Hopkins von Scotland Yard. „Lassen Sie das Gebäude genau untersuchen. Crowley liegt in der Bibliothek. Ein Freitod, den ich nicht verhindern konnte. Mein Bedauern hält sich aber in Grenzen.“

Als Watson, der in das Arbeitszimmer von Sir Alfred Holbrook gekommen war, in dem sich der Telefonapparat befand, die Worte des Freundes hörte, ahnte er, was wirklich geschehen war. „Ich billige diese Vorgehensweise ganz und gar nicht. Was ist nur aus Ihnen geworden, Holmes? Sie sind keinen Deut besser als diese Verbrecher. Warum machen Sie sich nur die Hände schmutzig?“

„Meine Hände sind rein, Doktor. Beruhigen Sie sich. Ein außergewöhnlicher Fall erfordert außergewöhnliche Methoden. Wir können nur siegen, wenn wir konsequenter sind als sonst. Und noch ist es keineswegs klar, wer unterliegen wird. Dieser Fall ist kein Kinderspiel. Wir müssen ernst, hart und stark wie nie zuvor sein, Watson. Glauben Sie mir das, bitte. Ansonsten kommen wir darin um.“

Kapitel 15

Besuch bei einer Dame

„Wir machen einen Besuch, Watson“, sagte Holmes. „Einen Besuch bei einer Dame.“

Watson blickte von der *Times* auf, die er gerade im gemeinsamen Arbeitszimmer in der Baker Street beim Frühstück durchblätterte. „Ich hoffe, es wird zur Abwechslung etwas Erfreuliches!“

„Nicht ausschließlich, aber im Wesentlichen“, gab sich Holmes weiter geheimnisvoll. „Wir machen einen Ausflug nach Manchester.“

Ein Hansom Cab brachte die beiden Männer zur Euston Station, von wo sie ein Zug in den Norden Englands beförderte.

Watson machte keinen weiteren Versuch, mehr über den Grund der Reise herauszufinden, protestierte jedoch, als Holmes den Zug schon sechzehn Meilen vor Manchester, in Macclesfield, verließ.

Im Dorf-Pub nahmen sie in Ruhe ein Mittagsmahl ein, genehmigten sich sogar ein Bier, um sich dann nach einer Transportmöglichkeit zu erkundigen.

„Wir haben seit kurzem ein Taxi im Ort, das zum gleichen Preis wie die Droschke operiert, aber natürlich viel schneller“, erklärte der Wirt.

Watson konnte letzten Endes Holmes, der jeder Art von Kraftwagen skeptisch gegenüberstand, überreden, das Automobil zu mieten. Ihm war nun klar, warum Holmes auf diese umständliche Art nach Manchester reiste: Er wollte sicher sein, daß sie nicht verfolgt wurden.

Nach dem Essen und dem Bier überkam Holmes und Watson eine angenehme Müdigkeit, und die Fahrt im Taxi verlief entgegen den Befürchtungen des Detektivs so reibungslos, daß die beiden Männer immer wieder eindösten, bevor sie der Fahrer eine Dreiviertelstunde später in Manchester vor dem Haus 37 Elm Street absetzte. Watson bezahlte und bat den Mann, auf sie zu warten.

Bed and Breakfast verkündete ein Schild, und ein zweites wies darauf hin, daß derzeit keine Zimmer frei waren. Ein Polizist öffnete die Tür zum Haus. Holmes und Watson wiesen sich aus, dann durften sie das Gebäude betreten.

„Miss Mona befindet sich im Garten“, sagte der Beamte.

Und schon kam Mona Hatfield auf die beiden Männer zu: „Ich bin so froh, Sie zu sehen, Mr. Holmes. Es ist zum Verzweifeln hier. Nicht einmal zum Begräbnis meines Vaters durfte ich. Und dann die Nachricht von Lukes Tod –“

„Ich freue mich, Sie gesund wiederzusehen, Miss Hatfield.“ Sherlock Holmes umarmte das Mädchen, was Watson verwunderte. So viel Emotion zeigte der Detektiv selten. „Ja, es sind schreckliche Dinge passiert, Miss Hatfield, darum mußten besondere Vorkehrungen getroffen werden. Es war zu gefährlich für Sie und für die Familie von Walter Sickerts Schwester, Sie weiterhin in ihrem Haus zu belassen. Sie mußten von der Polizei professionell beschützt werden.“

„In all dem Unglück, das uns zugestoßen ist, waren Sie, Mr. Holmes, ein wunderbarer Schutzengel. Vielen Dank.“

Der Detektiv wehrte verlegen ab, und Mona erkundigte sich, ob die beiden eine gute Reise gehabt hätten.

„Wir können nicht klagen“, sagte Holmes, „Aber eine Tasse Tee würde sicher nicht schaden.“

Endlich fand auch Watson die Sprache wieder: „Miss Mona, ich bin so glücklich, das Sie am Leben sind. Ich freue mich, Sie zu sehen."

Mona Hatfield eilte gerührt in die Küche, um für die beiden Männer eine Stärkung zuzubereiten.

An Holmes gewandt fragte Watson: „Wer war eigentlich die tote Frau, die man für Mona Hatfield hielt?"

„Eine arme Prostituierte, die man ermordete. Der Polizeimediziner Dr. Willows entfernte ihren Kopf, damit eine Identifizierung unmöglich wurde."

„Ist er etwa Jack the Ripper?"

„Nein. Ich denke, die Identität des Rippers haben wir endgültig geklärt. Die beiden Brüder Crowley, angestiftet von Colonel Moran, sind für die Morde verantwortlich. Doktor Willows ist ein sehr enger Freund des Malers Walter Sickert, der mit dieser gewagten Aktion Mona in Sicherheit bringen wollte und sie bei seiner Schwester hier in Manchester einquartierte."

„Wo ist Mr. Saunders hingekommen?" fragte Mona Hatfield in der Küche.

„Ich vertrete ihn. Er mußte zum Zahnarzt, hatte offenbar Probleme mit den Weisheitszähnen", kam die Antwort des Polizisten.

„Könnten Sie bitte frisches Brot besorgen? Ich darf das Haus nicht verlassen."

„Kein Problem. Sie sind ja jetzt nicht allein", antwortete der Polizist.

„Einen Augenblick noch", bat Miss Mona ihre beiden Gäste. „Der Tee und ein paar Sandwiches kommen in Kürze."

Die Stimmung an diesem milden Maitag auf der Terrasse war beinahe idyllisch. Doch der Schein trog. Mona Hatfield hatte ihren Vater und ihren Verlobten verloren und war dementsprechend verzweifelt. „Ich weiß nicht, wie es weitergehen soll."

„Doktor Watson und ich sind dabei, die Verbrecher unschädlich zu machen, die hinter diesem Unglück stehen. Wir waren bisher erfolgreich, aber eine letzte schwere Aufgabe liegt noch vor uns. Wenn sie gelingt, können Sie in Hinkunft ohne Furcht und als freier Mensch tun, wozu Sie Lust haben."

„Ich liebe meine Heimat. Die Farm, die Felder, das Meer. Ich möchte nach Sussex zurückkehren. Aber eines müssen Sie mir verraten: Ist Walter Sickert Freund oder Feind?"

„Ich glaube, er liebt Sie, und das war ein Grund, daß er das Risiko einging, gegen die Interessen des Ordens" – hier zögerte Holmes – „gegen die Interessen der gefährlichen Gruppe, der er angehörte, zu handeln. Er brachte Sie in Sicherheit, zu seiner Schwester. Und wir haben ihn außer Reichweite seiner ehemaligen Freunde gebracht. Ansonsten wäre deren Rache auch für ihn tödlich gewesen, so wie sie tödlich für Ihren Verlobten und Ihren Vater war."

Mona Hatfield begann zu weinen. Als sie sich etwas gefaßt hatte, bat sie Holmes, ihr zu erklären, warum die beiden sterben mußten.

„Die beiden Männer wurden getötet, weil sie skrupellosen Menschen im Weg standen. Über die genauen Gründe kann ich nur Vermutungen anstellen. Ihr Vater benötigte Geld, um die Farm weiterführen zu können. Das war der Grund, daß er sich auf ein Geschäft einließ, dessen Art und Ausmaß er erst allmählich erkannte. Als er aussteigen wollte, beseitigte man ihn."

„Aber wie kam man auf meinen Vater? Es gibt doch tausende Farmen in unserem Land."

„Das muß mit seinem Onkel, von dem er die Farm hatte, zu tun haben. Rupert Hatfield arbeitete als Kutscher in London für

Moran und die Crowley-Brüder. Sehr geschickt trat man über Luke Marker, der als Vertreter für die Mannings-Mühle arbeitete, an Ihren Vater mit dem Vorschlag heran, eine neue Getreidesorte probeweise anzubauen. Die Männer gaben vor, sie wollten die Entwicklung von neuen, besseren Kornsorten vor der Konkurrenz geheimhalten, und boten ihm Geld dafür. Weil das Angebot über einen Menschen kam, dem er vertraute, ließ sich Ihr Vater darauf ein. Als er aber sah, daß das Feld von einem Pilz befallen war –"

„Das silbrig glänzende Weizenfeld!" rief Mona.

„Ja. Sie entdeckten es und haben mit Ihrer Aufmerksamkeit dem Land einen unschätzbaren Dienst erwiesen. Ihr Vater wußte bereits davon. Er hatte erkannt, daß mit dem Getreide etwas nicht stimmte und daß die Krankheit, die es befallen hatte, eine Gefahr für das gesamte Königreich bedeuten könnte. Er mähte schließlich das Getreide ab und kippte es vermutlich ins Meer. Das war sein Todesurteil."

Das Mädchen schwieg. Nach ein paar Minuten fragte es: „Aber warum hat man auch Luke getötet?"

„Ihr Verlobter war nach Ihrem Verschwinden und dem Tod Ihres Vaters alarmiert und verzweifelt. Er glaubte sich durch die Vermittlung des Saatgetreides für alles verantwortlich und begann auf eigene Faust zu recherchieren. Nicht umsonst tauchte er bei der Ausstellungseröffnung von Walter Sickert in London auf. Er war so mutig, weil er meinte, er habe nichts mehr zu verlieren. Ich wollte mit ihm reden, ihn warnen, er aber war bereits gegangen. So kam eins zum anderen. Ein Räderwerk, das – einmal in Gang gekommen – nicht mehr zu stoppen war. Der Gegner war zu stark."

„Und er ist noch nicht besiegt", wandte Watson ein. „Geschwächt, aber noch nicht besiegt."

„Wie recht Sie wieder haben, Doktor", sagte Holmes.

Mona, die ein Rumoren in der Küche hörte, verließ die beiden Männer. Man hörte sie mit dem Polizeibeamten reden: „Kommen Sie, bitte, trinken Sie eine Tasse Tee mit uns."

Der Beamte lehnte dankend ab. Er wolle nicht stören. Dann kam Mona mit einem Tablett mit dampfendem Tee, Milch, Zucker und Sandwiches auf die Terrasse.

Holmes war seit dem Krieg vorsichtig geworden, wenn ihm jemand Milch zum Tee anbot. Aus Sparsamkeitsgründen hatte man vielerorts Kuhmilch durch Schafmilch ersetzt, und Holmes haßte den süßlichen Geschmack jener Milch seit seiner Kindheit. Während Mona und Watson bedenkenlos die Milch in ihre Tassen schütteten, bevor sie mit Tee aufgossen, betrachtete Holmes kritisch den Inhalt der Kanne und schnupperte daran. Schließlich entschied er sich, darauf zu verzichten.

Beim Abschied bat der Detektiv Mona eindringlich, noch einige Tage in Manchester zu bleiben. Watson und er würden sie persönlich abholen und auf ihre Farm zurückbringen, sobald die Gefahr gebannt war.

„Ich habe alles Vertrauen der Welt in Ihre Fähigkeiten und in die von Dr. Watson", sagte sie. „Aber passen Sie auf sich auf. Einen weiteren Verlust von Menschen, die mir wichtig sind, könnte ich nicht verkraften."

„Ein wunderbarer Mensch", entfuhr es Sherlock Holmes, nachdem Mona Hatfield die Tür hinter ihnen geschlossen hatte. „Wäre man nur etwas jünger –"

„Ja", seufzte der Doktor.

„Vergessen Sie nicht, daß Sie verheiratet sind, Watson!"

Als Watson plötzlich wie tot in die weichen Polster des Taxis zurücksank und sofort röchelnd zu schnarchen begann, fuhr es wie ein Blitz durch den Körper des Detektivs. Die Milch! Jemand hatte sie mit Gift oder einem Betäubungsmittel versetzt. Es bestand Lebensgefahr für den Doktor und für Mona Hatfield.

Er bat den Fahrer, bei laufendem Motor auf ihn zu warten, dann stürmte er mit gezogener Pistole auf das Haus zu, zerschoß das Türschloß und lief in die Küche.

Er sah den Polizisten mit einem Küchenmesser in der Hand, wie er sich über den halb entblößten Körper von Mona Hatfield beugte.

„Halt. Hände hoch!“ schrie Holmes.

Ohne das Messer von ihrem Hals zu nehmen, riß der Beamte den Körper des Mädchens nach vorn, so daß die Besinnungslose als Schutzschild für ihn diente.

„Werfen Sie Ihre Waffe in den Vorraum, sonst stirbt sie!“ rief der etwas korpulente Mann mit der Polizistenkappe.

„Auf gar keinen Fall, Crowley“, rief Holmes, der sein Gegenüber identifiziert hatte. Die Ähnlichkeit dieses Mannes mit seinem älteren Bruder war frappierend. Es handelte sich offensichtlich um Aleister Crowley. „Wenn Sie das Mädchen verschonen, lasse ich Sie durch den Garten entkommen.“

„Ich gebe nichts auf Ihre Versprechungen, Holmes!“

„Es bleibt Ihnen aber nichts anderes übrig. Sie können nicht mit einer gehunfähigen Geisel flüchten. Und wenn Sie das Mädchen verletzen, erschieße ich Sie. Nehmen Sie das Risiko der einzigen Chance, die sich bietet, auf sich!“

„Sie können mich nicht laufen lassen. Ich bin zu gefährlich.“

„Sie überschätzen sich, Crowley. Sie sind ein Werkzeug ohne Wert, wenn Sie keinen haben, der Ihnen sagt, was Sie machen müssen. Und Ihre Herren sind außer Gefecht gesetzt. Hören Sie mir gut zu. Ich sage Ihnen, was zu tun ist. Lassen Sie das Mädchen los und laufen Sie!“

Mit einem ärgerlichen Schrei stieß der Mann Mona von sich, dann sprang er von der Terrasse, lief quer durch den Garten und verschwand im Strauchwerk.

Holmes schaute ihm nicht einmal nach. Er untersuchte mit unruhigen Händen den Hals und den Oberkörper von Mona und sah zu seiner Erleichterung, daß sie unverletzt war und daß sie noch atmete.

Bevor er sie zum Taxi trug, rief er telefonisch die Polizei von Manchester zum Haus in der Elm Street. Der reguläre Polizist mußte sich in der Nähe befinden. Er würde dringend Hilfe benötigen, wenn es nicht schon zu spät für ihn war.

Dann bedeckte Holmes die Blöße des jungen Mädchens mit dem Tischtuch und trug sie zum Taxi hinaus.

„Ins Krankenhaus. So rasch wie möglich!“ rief er dem Fahrer zu. „Es geht um zwei Menschenleben.“

Stundenlang eilte Holmes auf den Gängen des Hospitals hin und her.

„Ich werde alt. Meine Unaufmerksamkeit hat drei Menschen gefährdet. Crowley muß uns gefolgt sein, und ich habe es in meiner Müdigkeit nicht bemerkt. Er muß, kurz nachdem wir das Haus betreten hatten, den Polizisten, der uns öffnete, außer Gefecht gesetzt, sich dessen Uniform angezogen und dann die Milch für den Tee mit einer Substanz versetzt haben. Er wollte mit dem Messer Miss Mona töten. Wie er es bei den Ripper-Morden seines Bruders gesehen und später selbst immer wieder praktiziert hatte.“

„Mr. Holmes aus London?“ fragte ein Arzt, der auf den Detektiv zueilte. „Beide Patienten haben nach Ihnen gefragt. Sie möchten mit Ihnen sprechen.“

„Das heißt, daß es Ihnen besser geht“, rief der Detektiv voll Hoffnung.

„Ja. Sie mußten eine unangenehme Prozedur über sich ergehen lassen, um die hohe Dosis eines Schlafmittels, vermutlich handelt es sich um Veronal, die man ihnen verabreicht hatte, auszuscheiden, aber jetzt sind sie wie neugeboren."

Holmes suchte in Begleitung des Arztes zunächst Mona auf, dann den Doktor und überzeugte sich mit eigenen Augen, daß die beiden wieder bei Bewußtsein waren.

„Aus polizeilicher Sicht ist es wichtig, die beiden Herrschaften in einem gemeinsamen Zimmer unterzubringen", sagte Holmes. „Ich muß sie bewachen. Der Mann, der den Anschlag auf ihr Leben zu verantworten hat, ist flüchtig."

„Männer und Frauen werden bei uns grundsätzlich getrennt untergebracht. Ich denke aber, daß ich in diesem Fall eine Sondergenehmigung erteilen kann und daß wir den Herren in das Zimmer der Dame bringen können."

Holmes bedankte sich bei dem Arzt, stellte einen Stuhl vor das Zimmer von Mona und begann seine Wacht.

Als das Metallbett von Watson herbeigerollt wurde, erhob sich Holmes. Aber Watson hatte die Augen wieder fest geschlossen.

Am Morgen – Holmes hatte keine Sekunde geschlafen – untersuchte der Arzt noch einmal beide Patienten, dann teilte er Holmes mit: „Aus medizinischer Sicht kann ich einem Transport nach London zustimmen."

Der Detektiv verständigte die örtliche Polizeistation und erkundigte sich nach dem Polizisten, der Mona Hatfield bewacht hatte. Der Mann war am Fuße der Kellertreppe gefunden worden. Crowley hatte ihn mit Äther betäubt und dann die Stiege hinuntergestoßen. Dem Beamten ging es nicht gut. Er hatte bei seinem Sturz mehrere Knochenbrüche erlitten, aber er würde überleben.

„Wir benötigen ein Automobil, das uns nach Tunbridge Wells in Kent befördert", sagte Holmes.

Erst im Polizeiwagen gönnte sich Holmes Ruhe. Er schlief, bis sie vor dem Haus von Doktor Watson hielten. Elsa Watson und ihre Haushaltshilfe bereiteten ein wunderbares Mahl, das ihr Mann, Holmes, Mona, der im Hause von Watson einquartierte Freimaurer Bruder Hiram und Mrs. Watson am frühen Nachmittag einnahmen.

Alle waren wieder bei Kräften und bei gutem Appetit. Besonders Holmes, der seinen Teller wiederholt nachfüllen ließ.

„Wie geht es Ihnen, Miss Mona?" fragte er besorgt.

„Blendend, dank Ihres raschen Eingreifens. Ich fühlte mich so sicher, und auf einmal –"

„Alle medizinischen Werte von Miss Mona sind wieder normal", sagte Watson, der das Mädchen nach der Ankunft in seinem Haus untersucht hatte.

„Und Sie selbst Doktor?" fragte Holmes.

„Ja, wie geht es dir, John?" erkundigte sich auch seine Frau.

„Besser als noch vor einigen Stunden." Er hob ein Glas Montrachet und prostete der Tischgesellschaft zu.

Am späteren Nachmittag zogen sich Holmes und Watson in den Arbeitsraum des Doktors zurück, um das weitere Vorgehen zu besprechen.

Watson spürte, daß Holmes sich zum finalen Kampf gegen den Orden von der Bundeslade, die geistigen Kinder von Professor Moriarty, rüstete. Der Doktor hatte ein Gefühl wie damals, im Jahre 1891, als Holmes den Professor in die Reichenbachfälle stieß und dabei selbst fast umgekommen wäre –

nicht zuletzt durch einen Felssturz, den Colonel Moran auslöste, der den tödlichen Zweikampf beobachtet hatte.

Holmes sog nervös an seiner Zigarette und sagte zu Watson: „Wenn wir den letzten der Juwes besiegt haben, kann die Welt aufatmen. Die Frage ist, ob es gelingt. Ich habe es bisher nicht geschafft."

„Sie meinen Aleister Crowley?"

Holmes schüttelte den Kopf. „Crowley ist ein sehr gefährlicher Mann, gefährlich wie ein scharfes Messer. Aber nicht mehr als das. Ohne jemanden, der ihm Befehle gibt, ist er für das Geschick unseres Landes, für die Zukunft der Welt ohne Bedeutung. So lange, bis er wieder einen Führer findet. Von wirklicher Bedeutung für uns ist Colonel Sebastian Moran, das Gehirn, das die Nachfolger von Moriarty lenkt."

„Aber der Mann, wenn er überhaupt noch lebt, muß doch sehr, sehr alt sein", wandte Watson ein.

„Er lebt! Und so alt ist er auch wieder nicht. Sie vergessen, daß auch wir nicht mehr in der Blüte unserer Jahre stehen. Moran ist einundachtzig und trotzdem gefährlicher denn je." Dann verstummte Holmes. Nach einigen Minuten fuhr er fort: „Sie haben mich auf einen wichtigen Gedanken gebracht, Watson. Es kann sein, daß ich mich irre, daß da noch jemand –"

„Was meinen Sie?"

„Daß da ein Jüngerer, ein Sohn, das Werk des Vaters vollenden will."

„Mein Gott, Stephen Moriarty", rief Watson, dessen Gesicht sich mit einem Mal verklärte.

„Was ist, Watson, Sie wirken so glücklich. Es scheint Ihnen tatsächlich gelungen zu sein, den Fall zu lösen."

„In aller Bescheidenheit möchte ich darauf hinweisen, daß in diesem Fall Väter, Söhne und Brüder eine bemerkenswerte Rolle spielen, wie es sich für einen Orden ziemt, der sich dem

Alten Testament verschrieben hat. Ich denke, wie gesagt, an Vater und Sohn Moriarty, die Brüder Crowley oder den Vatermörder Jack Ferguson."

„Ich wäre dennoch vorsichtig mit Schlußfolgerungen, Watson. Alle Söhne haben Väter, viele haben Brüder. Vergessen Sie auch nicht Leonard Holbrook in der Schweiz! Und die Brüder Aaron und Moses im Alten Testament."

„Sie machen sich wieder lustig über mich", klagte Watson.

„Keineswegs. Sie haben mir den alles entscheidenden Hinweis gegeben. Und dafür danke ich Ihnen. Der morgige Tag wird uns nach Westminster ins Parlament führen. Ich wäre froh, Watson, wenn Sie mich begleiten könnten. Gemeinsam mit Meister Hiram, mit dem ich noch einige Worte reden muß."

„Aber dann ruhen Sie sich aus, Holmes. Sie haben Unermeßliches geleistet für Miss Mona und mich. Und ich glaube nicht, daß der morgige Tag leicht wird."

„Da haben Sie noch einmal recht, Watson. Ein Tag, ähnlich entscheidend und gefährlich wie der an den Reichenbachfällen, steht uns bevor."

Kapitel 16

Die Handschrift Moriartys

Dr. Watson sah Meister Hiram, den trotz seines Alters so jugendlich wirkenden Großmeister der Freimaurerloge Quatuor Coronati, verwundert an, als Holmes dem Kutscher als Ziel der Fahrt eine Adresse in der Park Lane angab.

„Ich dachte, wir wollten zum Parlament fahren", protestierte der Doktor.

Der weißhaarige Freimaurer warf höflich ein: „Ich habe volles Vertrauen zu Mr. Holmes."

„Natürlich fahren wir nach Westminster, Watson" erklärte der Detektiv. „Aber erst nach einem kleinen Umweg, bei dem wir einen wichtigen Begleiter mitnehmen. Übrigens ein Kollege von Ihnen."

„Ein Arzt?" fragte Watson verwundert.

„Nein, mein lieber Watson, der junge Mann arbeitet als Schriftsteller."

Watson war aufrichtig überrascht, als Stephen Moriarty den Hansom bestieg.

Etwas außer Atem sagte Holmes zu ihm: „Sie wissen, worauf Sie sich einlassen. Es wird gefährlich."

„Sie haben es versprochen, Mr. Holmes, daß ich teilnehmen darf."

Die vier Männer betraten das Parlamentsgebäude durch den gotischen Bogen des St. Stephen's-Eingangs und begaben sich in die Central Lobby, einen großen, achteckigen Saal, das Zentrum des Parlamentsgebäudes, der das House of Lords vom Unterhaus trennte.

„Zu Mr. John Claret, bitte. Wir haben einen Termin mit ihm vereinbart“, sagte Holmes zum Parlamentsdiener. Der Mann im historischen Kostüm, der sich vor Meister Hiram ehrerbietig verbeugt hatte, wollte sie daraufhin in den südlichen Teil des Gebäudes führen. Aber Holmes zögerte noch und schaute in die gewölbte Kuppel der Central Lobby hinauf, die mit Mosaikbildern geschmückt war.

Dann fragte er den Großmeister der Freimaurer von London: „Sagen Sie, Meister Hiram, welche Funktion hat der Turm über der Lobby?“

„Er enthält einen Schacht, der zur Frischluftzufuhr für die Versammlungssäle der Lords und des Unterhauses dient.“

Dann war Holmes endlich bereit, dem Parlamentsdiener zu folgen.

Als Stephen Moriarty in der Lobby zurückblieb, fragte der Parlamentsdiener: „Und Sie, Sir, wollen Sie uns nicht auch folgen?“

„Ein Mißverständnis“, beeilte sich Holmes zu sagen, „der junge Herr gehört nicht zu uns.“

„Ich treffe mich um zehn Uhr mit meinem Abgeordneten“, behauptete Moriarty und bog in den nördlichen Teil des Gebäudes ein, in dem das Unterhaus untergebracht war.

Watson sprach gar nicht mehr. Er war wieder einmal beleidigt, weil Holmes ihn nicht in seine Absichten eingeweiht hatte.

Als die Männer an der schweren Eichentür zum Büro von John Claret ankamen, bat Holmes den Freimaurer höflich, auf dem Gang zu warten, bis er ein Zeichen bekäme.

Der Parlamentsdiener klopfte, und ein schwarzgekleideter junger Mann, der Sekretär von John Claret, öffnete.

Claret, der stellvertretende Geheimdienstchef der Lords, eilte ihnen in den Vorraum entgegen. „Danke, daß Sie sich herbemüht haben, meine Herren“, sagte der Mann – jugendlich und elegant wie beim ersten Treffen. „Ich wäre aber auch in Ihren Club gekommen, Mister Holmes.“

„Dafür bin ich Ihnen dankbar. Aber ich muß gestehen, daß mir die Aussicht, den Chef des Geheimdienstes der Lords an seiner Wirkungsstätte anzutreffen, sehr reizvoll erschien.“

„Zuviel der Ehre“, wehrte der junge Mann ab. „Wenn Sie bitte weiterkommen.“

Der Büroraum, in den sie geführt wurden, war mit dezent gemusterten Seidentapeten und Möbelstücken aus edlem Mahagoni ausgestattet. Die Stühle, auf denen die Männer Platz nahmen, waren mit dunkelblauem Samt gepolstert.

Sherlock Holmes lächelte freundlich: „Sie gaben mir bei unserem letzten Treffen unendlich wichtige Hinweise zur Lösung des Falles, Mr. Claret.“

„Ich war bemüht zu helfen, konnte aber nicht wirklich –“

„Keine falsche Bescheidenheit“, unterbrach Holmes ihn. „Sie brachten mich wieder auf die richtige Spur.“

„Das klingt interessant. Erzählen Sie, Mr. Holmes“, bat der stellvertretende Geheimdienstchef der Lords.

„Ein wichtiger Punkt in meinen Erkenntnissen sind Handschriften. Ich kenne die von Professor Moriarty, und es war klar, daß die schwarzen Bücher nicht von ihm geschrieben waren, daß also M. nicht Moriarty sein konnte. Etwas verwundert hat es mich, daß Sie als Vollprofi das nicht wußten. Denn Sie vermuteten bei unserem Gespräch, M. stünde dafür.“

„Das habe auch ich bisher vermutet“, mischte sich Watson ein.

„Vermutungen sind nicht hilfreich, wenn sie falsch sind, Watson“, bemerkte Holmes knapp, und Watson verstummte, verlegen hüstelnd. „Hinter M.“, erklärte Holmes, „steht jemand anderer. Auch hinter der Aufschrift auf dem Hauseingang, welche darauf hinweist, daß die Juwes die Mörder sind.“

„Die zweimalige Aufschrift“, warf der stellvertretende Geheimdienstchef ein, ‚Die Juwes sind nicht die Männer, denen man die Schuld nicht anlasten kann. M.’“

„So ist es. Doppelte Verneinung bedeutet Bestätigung.“

„Aber wer oder was verbirgt sich Ihrer Meinung nach hinter der Abkürzung M.?“ fragte John Claret.

„Derjenige, der Moriartys Erbe angetreten hat. Denken Sie nach, Mr. Claret. Es ist nicht so schwer. Wessen Name beginnt noch mit M.?“

John Claret schwieg.

Holmes wurde ungeduldig: „M. steht für Moran. Colonel Sebastian Moran, Moriartys rechte Hand. Ein Mann, der zwei Anschläge auf mich plante.“

„Unmöglich. Moran wäre uralt, wenn er noch lebte.“

„Er lebt noch!“

„Sie entschuldigen“, unterbrach ihn Claret. „Ich lasse uns einen Imbiß kommen. Wir müssen uns Zeit nehmen, diese neuen Erkenntnisse in Ruhe aufzuarbeiten.“ Als er die Tür zum Vorzimmer öffnete, stand davor eine Abordnung von zehn Beamten des Scotland Yard mit Detective Stanley Hopkins an der Spitze.

Und noch ein Mann hatte sich ihnen angeschlossen: Bruder Hiram, der Großmeister der Freimaurerloge Quatuor Coronati.

„Sir Alexander“, rief John Claret erstaunt. „Was führt Sie denn hierher? Sie waren lange nicht zu erreichen.“

Der so angesprochene Leiter des Geheimdienstes der Lords, Sir Alexander Sisley, erwiderte ruhig: „Ich versuchte, mit Hilfe von Sherlock Holmes und Dr. Watson, einen komplizierten Fall zu lösen. Hiram gegen die Juwes.“

John Claret erbleichte. „Hiram, Juwes? Wer ist das?“

„Hiram ist mein Logenname bei den Quatuor Coronati“, erklärte Sir Alexander Sisley. „Und wer die drei Juwes sind, wird Ihnen Mr. Holmes sicherlich gleich erklären.“

„Gern, Mr. John Claret, alias Mr. Moran. Ihre Handschrift hat Sie verraten. Als Sie sich bei unserem Treffen im Diogenes Club Notizen machten, wollte ich meinen Augen nicht trauen, aber es gab keinen Zweifel. Die Handschrift der Person, die die schwarzen Bücher geschrieben hatte, und Ihre Schrift stimmten detailgenau überein."

„Sie müssen sich irren. Ich heiße nicht Moran, wie Sie jederzeit feststellen können."

„Papiere kann man fälschen. Sie sind der Sohn von Colonel Moran, und Sie haben sich mit den Methoden Ihres Vaters in eine der wichtigsten Positionen unseres Landes manövriert. Sie sammelten wie er geheimes Wissen über Vertreter von Staat, Kirche und Wirtschaft und erpreßten die Männer anschließend."

„Das alles sind haltlose Verdächtigungen. Sie haben keinerlei Beweis!" Dann wandte er sich an die Männer von Scotland Yard: „Ich appelliere an Sie, meine Herren, lassen Sie sich nicht von diesen beiden Verrückten dazu verführen, mich in Haft zu nehmen. Sie würden es bereuen."

Sir Alexander Sisley jedoch gab den Beamten ein Zeichen. Diese schoben sich unbeirrt an John Claret heran, legten ihm Handschellen an und führten ihn aus dem Raum. „Und jetzt", sagte Sir Alexander Sisley, „kommen wir zu den Beweisen. Folgen Sie mir, meine Herren."

Sie eilten in Begleitung von acht Polizisten in die Central Lobby, wo der Leiter des Geheimdienstes den Parlamentsdiener aufforderte, ihnen den Zugang zum Turm über der Lobby zu ermöglichen.

„Der gotische Central Tower", erklärte Sir Alexander, „ist der zweithöchste Turm des Parlamentsgebäudes. Er birgt einen Schacht, der Frischluft in jene Räume befördert, die entweder keine Fenster haben oder in denen man aus Gründen der Staatssicherheit völlig von der Außenwelt abgeschieden sein muß. In den langen, einsamen Tagen in Tunbridge Wells wurde mir allmählich klar, daß dieser Teil des Parlamentsgebäudes ein zentraler Punkt für jemanden sein mußte, der die Geheimnisse des Staates abhören will."

Zur Überraschung des Parlamentsdieners war die Tür zum Central Tower, die sich im Kellergeschoß des Gebäudes befand, aufgebrochen worden und stand einen Spaltbreit offen.

Holmes bat alle um äußerste Vorsicht: „Wir dürfen unseren Freund nicht in Gefahr bringen."

Behutsam bewegten sich die Männer die steinerne Wendeltreppe empor, die seitlich der Central Lobby in steilen Windungen in den Central Tower führte.

„Das ist ein Mißverständnis. Wir schätzen Sie außerordentlich, Mr. Moriarty. Lassen Sie in Ruhe mit sich reden", war eine brüchige Stimme zu vernehmen.

„Mir genügt, was ich gesehen habe. Damit muß Schluß sein."

„Lassen Sie das, entfernen Sie Ihre Hände. Sie werden doch nicht einen hilflosen alten Mann –"

„Los, schnell", schrie Sherlock Holmes, und die Männer stürzten in den achteckigen Raum, durch dessen farbige Glasfenster gedämpftes Licht drang.

In der Mitte des Zimmers, an einem Steinpfeiler, stand eine goldene Truhe mit einem Deckel, der mit den Figuren zweier Engel geschmückt war. An einem Schreibtisch davor saß ein alter Mann im Rollstuhl. Der junge Moriarty stand mit vor Wut verzerrtem Gesicht hinter dem Alten und würgte ihn. Als er Holmes, Watson, Sir Alexander und die Polizisten in das Turmzimmer stürmen sah, ließ er von ihm ab. „Ich bringe es nicht fertig!"

„Und das ist auch gut so", sagte Sherlock Holmes. „Meine Herren, Sie haben den größten Verbrecher unseres Landes vor sich."

Die Polizisten stürzten auf den überraschten Stephen Moriarty und wollten ihn festnehmen.

„Nicht Mr. Moriarty“, rief Sherlock Holmes. „Colonol Sebastian Moran ist der gefährlichste Mann des Königreiches. In dieser Truhe sammelt er Material über Menschen, Tag für Tag. Und er wartet wie die Spinne im Netz, bis er sein Wissen verwenden kann. Dieser Mann war auch einmal jung und machte einen entscheidenden Fehler. Eine Prostituierte, mit der er sich vergnügte, entwendete ihm aus den abgelegten Kleidungsstücken Dokumente. Damit begannen die Morde von Jack the Ripper. Den ersten beging Moran noch selbst, dann ließ er einen anderen für sich morden. Und als er seinen Sohn in die für ihn wichtigste Position geschleust hatte, da er inzwischen zu alt geworden war, um die Organisation selbst zu lenken, zog er sich in diesen Turm zurück – den Central Tower. Hier hat er Dokumente zusammengetragen, die jedem, der sie kennt, Macht über das Land verleihen. Aber seit dem Krieg war Moran auch klar, daß erpresserisches Material nicht ausreicht, um die Welt zu beherrschen. Gar nichts geht ohne Nahrung, ohne Lebensmittel. Wer sie kontrolliert, besitzt die Macht. Man beginnt damit, schrittweise die Getreidefelder mit einem Pilz zu verseuchen. Jedes Jahr mehr. Ist die Verzweiflung auf dem Höhepunkt, bringt man Neuzüchtungen auf den Markt, die gegen den Befall resistent sind. Zugleich hat man das Getreide so verändert, daß es nicht mehr zur Aussaat zu gebrauchen ist und die Bauern jedes Jahr frisches Saatgetreide kaufen müssen. Auf diese Weise hat derjenige, der dieses Getreide anbietet, die Macht über ein ganzes Land.“

„Sie denken simpel wie ein Kind“, zeterte der alte Moran. „Die Dinge liegen anders. Unser Orden hat einen Plan, der unser Land von Armut und Krankheit und Unterdrückung befreien wird. Einen *großen* Plan. Leider sind wir bei der Umsetzung behindert worden, durch einen reaktionären Schnüffler namens Sherlock Holmes. Denken Sie nach, Stephen, studieren Sie das Buch, das wir Ihnen zukommen ließen. Sie könnten das Werk Ihres Vaters fortsetzen. Mir fehlt die körperliche Kraft, diesem Detektiv zu entkommen, und mein Sohn hat sich letztlich als Versager erwiesen. Eine tragische Entwicklung, zu der mein beklagenswerter Gesundheitszustand nicht unwesentlich beigetragen hat. John hätte in die Fußstapfen Moriartys treten können, wäre es mir gelungen, seinen genialen Geist zu zügeln, ihn zu führen, ihn von zerstörenden Drogen fernzuhalten. Ohne glasklaren Geist kann man die Welt nicht neu ordnen. Es kommt auf das Denken und auf das Handeln an. Jede Ablenkung schadet und zerstört. Sobald Illusionen die Realität ersetzen, ist ein System dem Untergang geweiht. Ich bin mir nicht einmal sicher, ob die Vergiftung unseres Ordens mit diesen Substanzen nicht von unseren Feinden ausging, ob nicht die Freimaurer oder gar Sie, Holmes, dahinter stecken. – Wie auch immer. Wäre ich jünger und gesünder, ich hätte rechtzeitig eingreifen können. Mein Sohn hätte nie und nimmer die Kreideschrift im Hauseingang erneuern dürfen. Das war eine Dummheit, die seinem von Drogen aufgestachelten intellektuellen Hochmut entsprang. Er glaubte, niemand sei so gewieft wie er."

„Die Juwes sind nicht die Männer, denen man die Schuld nicht anlasten kann", zitierte Sherlock Holmes. „Ein Hinweis auf Jack the Ripper und die Verursacher der silbernen Felder. Und ein Aufruf zur endgültigen Vernichtung der Gegner, vor allem von Meister Hiram."

„Und er hätte nie direkten Kontakt mit Ihnen suchen dürfen. Ich hatte ihn gewarnt, aber er war von seiner Unbesiegbarkeit überzeugt. Mr. Moriarty, Sie sind die letzte Chance, ein großes Werk zu vollenden."

„Schweigen Sie", sagte dieser. „Ich will nichts damit zu schaffen haben. Ich vertraue Sherlock Holmes und Dr. Watson. Rückhaltlos."

„Sie Narr, Sie verblendeter Narr. Diese Männer haben sich von den Wurzeln entfernt. Sie sind gefährlich."

Zwei Polizisten ergriffen auf ein Zeichen von Sir Alexander Sisley den alten Moran, hoben ihn aus seinem Rollstuhl und trugen ihn die Treppe nach unten.

Holmes begann den Mittelpfeiler, an dem die goldene Truhe stand, zu untersuchen. Nicht zu übersehen war ein Messingtrichter, der in seiner Form an eine Trompete erinnerte. Er war Teil einer Sprechanlage, wie sie auf Schiffen verwendet wurde. „Hier saß er an der Quelle. Er konnte über den Entlüftungsschacht alles mitverfolgen, was in den Versammlungssälen und Sitzungszimmern gesprochen wurde. Den Rest der Information lieferte der Sohn."

„Wir werden den Zugang zu diesem Turm zumauern lassen", verkündete Sir Alexander Sisley, der Leiter des Advisory Council, „so daß nie mehr jemand Zutritt hat."

Holmes betrachtete lange die goldene Truhe. „Eine Nachbildung der Bundeslade", sagte er und öffnete sie. „Wie ich es erwartet habe." Er zog ein Bündel Papiere heraus, das die Aufschrift *Edward* trug.

„Eine Akte über Edward Wales. Sie erinnern sich, Watson. Der Mann, der so freundlich war, uns mit seinem sogenannten Flugzeug einen Überblick über die verseuchten Kornfelder des Landes zu verschaffen. Ergänzen Sie den Namen, kommen Sie darauf, wer uns bei dieser für das Land so wichtigen Aktion unterstützt hat."

„Edward von Wales", flüsterte Watson.

„Der Prince of Wales", bestätigte Holmes. „Und dieser Ordner birgt offenbar Material, das verhindern soll, daß er eines Tages König wird."

„Ich kann mir denken, worum es sich handelt", sagte Sir Alexander. Als ihn Watson fragend anschaute, ergänzte er: „Ich vermute, es handelt sich um eine nicht standesgemäße Beziehung zu einer attraktiven Frau aus dem Ausland."

Sherlock Holmes wandte sich an John Watson: „Unsere Aufgabe ist beendet, Doktor. Ich hoffe, ich kann Sie dazu überreden, einige Tage mit mir in Sussex, im Fairmount Hotel, auszuspannen. Die Zimmer des Malers sind freigeworden, ich bat Mrs. Bromham, ihm zu kündigen. Als Subjekt, das sich von den wahren Wurzeln entfernt hat, wie Moran so treffend feststellte, fand ich, daß er dieses Hotels nicht würdig ist. Und Sie, Mr. Moriarty, darf ich auch Sie einladen?"

„Es wäre mir eine große Ehre, Mr. Holmes. Aber ich habe kläglich versagt", warf dieser ein.

„Weil Sie den alten Moran gewürgt haben? Aber nein, das macht Sie mir um so sympathischer."

Holmes, Watson und Stephen Moriarty genossen das Abendessen am Panoramafenster des Fairmount Hotels, und sie sprachen mehr als sonst dem französischen Rotwein zu.

Überrascht war man, als Holmes einen dunkelhäutigen Mann mit weißem Turban und braunweiß gemustertem Sarong an ihren Tisch bat. „Das ist Mr. Phyu, seines Zeichens Magier. Ich habe ihn anlässlich einer eindrucksvollen Demonstration seines Könnens in Yapton kennengelernt."

„Nicht doch", wehrte der Mann verlegen ab. „Mr. Holmes haben es großzügig unterlassen, meine bescheidenen Kunststücke zu entlarven."

„U Phyu wird für unsere zukünftigen Unternehmungen von großer Bedeutung sein, Watson."

„Es freut mich wirklich sehr, Holmes, daß Sie mich auch in Zukunft an der Lösung Ihrer Fälle teilhaben lassen. Ich bin von ganzem Herzen dazu bereit. Aber Sie müssen mir einen Hinweis geben, in welche Richtung wir uns bewegen werden."

„Selbstredend, mein lieber Watson. Meister Phyu besitzt eine interessante Kopie der Bundeslade, in der er seine magischen Gegenstände verwahrt. Ich denke, er kann uns wichtige Hinweise auf den Verbleib des Originals geben."

Der Burmese verbeugte sich höflich vor Holmes und Watson. „Ich werden alles Mögliches tun."

Holmes und Watson wollten am Vormittag des nächsten Tages der Farm der Hatfields einen Besuch abstatten. Mrs. Watson hatte Mona begleitet, um ihr in den ersten schweren Stunden auf der leeren Farm Beistand zu leisten.

Die beiden Männer genossen die Wärme der Junisonne und den salzigen Wind. Doch Holmes blickte auch sorgenvoll über den Channel. Wenn es stimmte, was Aaron Crowley über seinen Bruder gesagt hatte, wenn Aleister wirklich Verbindungen zum Kontinent, zu Deutschland, hatte – Wenn er in jenem vom Krieg geschüttelten Land auf jemanden stieße, der ihn als gefährliches Werkzeug benützte, dann ließ das nichts Gutes für die Zukunft der Welt erwarten.

Ein Blick in die Landschaft von Sussex jedoch, auf die weiten Flächen gesunder Getreidefelder, bestätigte Holmes, daß immerhin die Gefahr, die von den verseuchten Feldern für die Nahrungsversorgung des Landes gedroht hatte, gebannt war.

Holmes und Watson wurden überschwenglich von Elsa Watson und Mona Hatfield begrüßt und zu einer Jause eingeladen.

Als sich Holmes an den prächtig gedeckten Tisch setzte, war es ihm fast, als müßte er sich freuen.

EPILOG

Dreißig Jahre sind seither vergangen. Ein weiterer großer Krieg, der von Deutschland ausging, erfaßte die ganze Welt. Außer Mona Hatfield, die geheiratet hatte und Mutter von vier hübschen Kindern wurde, lebt niemand von damals mehr. Mona konnte durch die großzügige finanzielle Hilfe von Sherlock Holmes die Farm halten und ausbauen. Der Detektiv hatte ihr das nicht unbeträchtliche Honorar zur Verfügung gestellt, das ihm das House of Lords für seine für das Könireich so wichtige Arbeit im Falle der silbernen Getreidefelder gezahlt hatte.

In einem weiteren Punkt hat der geniale Detektiv Recht behalten: Prinz Edward wurde zwar zum König gekrönt, er mußte aber noch im selben Jahr abdanken, als seine Absicht, eine geschiedene Amerikanerin zu heiraten, bekannt wurde.

Aus mir ist in diesen Jahren ein einsamer, alter Mann geworden, der seine Memoiren aufschreibt. Ich habe meine Erinnerungen an zwei väterliche Freunde verfaßt, an Sherlock Holmes und Doktor Watson, die vergessen konnten, daß ich der Sohn von James Moriarty bin und die mich so sahen, wie ich wirklich war: Ein auch damals nicht mehr ganz junger Mann auf der Suche nach seiner Jugend und seiner Identität.

Diese beiden Männer und das Hotel sind zu einem wesentlichen Teil meines Lebens geworden. Manchmal schien es sogar, als ob mich Holmes und Watson in ihrer Art ein wenig gemocht haben.

Der dichte Winterregen schlägt gegen das Fenster meines Zimmers. Ich werde dennoch auch heute nicht auf meinen Spaziergang verzichten.

Die silbernen Gräser
Sherlock Holmes in Österreich

1952: Ein Holmes-Roman aus Österreich

Im vorliegenden Sherlock-Holmes-Roman *Holmes und die Freimaurer* löst der Meisterdetektiv unter anderem das Geheimnis um eine Getreidekrankheit, das Rätsel der *silbernen Gräser*. Dies ist eine Hommage an einen Sherlock-Holmes-Roman gleichen Titels.

Die silbernen Gräser erschienen 1952 in der Reihe *„Die Bären-Bücher"* in Linz/Österreich. Als Verfasser wurde Arthur Conan Doyle angegeben, als Übersetzerin und Bearbeiterin firmierte Florence Palfrey. Tatsächlich wurde der Roman aber von Florence Palfrey geschrieben, von Conan Doyle stammen nur kurze, eingeschobene Textpassagen.

Elisabeth Behrmann, die noch lebende Herausgeberin der *Bären-Bücher*, erinnert sich, daß Florence Palfrey ein Mann war. Hinter dem Autorinnennamen verbarg sich mit größter Wahrscheinlichkeit Dr. Robert Grün, ein deutscher Autor, der auch unter dem Pseudonym John D(wight) Carr Romane verfaßte.

Frau Behrmann veröffentlichte in den Nachkriegsjahren diesen Sherlock-Holmes-Roman sowie die beiden ersten Romane von Johannes Mario Simmel, aber auch Werke von heute vergessenen deutschen und österreichischen Autoren wie Hans Possendorf, Ullrich Haussmann, Leopold Hackl. Bekannte Schriftsteller wie Edgar Wallace, Jack London und Zane Grey finden sich unter den Autoren der *Bären-Bücher*.

Elisabeth Behrmann behielt die Rechte der *Bären-Bücher* nach Auflösung des Buchverlages der Demokratischen Druck- und Verlagsgesellschaft mbH DDV/Linz und gründete mit dem

Verleger und Herausgeber der *Presse* in Wien, Fritz Molden, die *Rota-Verlagsgesellschaft mbH*, in der die *Bären-Bücher* nun als *Bären-Reihe* in neuer Aufmachung, mit Farbfotos auf den Umschlägen, erschienen.

Sie schied jedoch bald aus der *Rota-Gesellschaft* aus und verkaufte ihre Rechte an Molden, da grundsätzliche Meinungsverschiedenheiten über die Kriterien der Auswahl der Manuskripte aufgetreten waren.

Nach ihrem Austritt wurde die Reihe noch einige Zeit fortgesetzt.

In Linz beginnt's für Simmel

1950 schrieb Johannes Mario Simmel zwei Kriminalromane für die *Bären-Bücher* in Linz: *Der Mörder trinkt keine Milch* und *Man lebt nur zweimal.*

Der Klappentext der Taschenbücher im grün-gelb-braunen Design verhieß: „Treibhausatmosphäre eines großen Zeitungsbetriebes. Ein Mann wird ermordet. Ein zweiter. Ein dritter. Doch die Polizei findet den Täter – innerhalb von 24 Stunden." Und „Blendende, glitzernde, betörende Welt des Films. Wer wurde erschossen, der Star oder sein Double? Kann man ein Leben zweimal leben? Das ist das Problem dieses Buches."

Im Telefoninterview mit mir hatte Johannes Mario Simmel ein anderes Problem. Ihm waren diese beiden Romane peinlich. Nicht schlecht geschrieben, durchaus nicht, aber ohne das soziale und politische Engagement, das ihm bei seinen späteren Romanen so wichtig war.

„Ich würde alles unternehmen, eine Neuherausgabe dieser Bücher zu verhindern", sagte Simmel auf meinen in diese Richtung zielenden Vorschlag. Aber auch: „Diese Bücher waren für mich damals aus finanziellen Gründen sehr wichtig.“

Es ging Simmel nach dem Krieg dreckig, und das Honorar der *Bären-Bücher* half ihm über schlimme Monate hinweg.

„Ich traf Behrmann, den Mann der Herausgeberin, in Frankfurt. Er hatte die Rechte für die Romane nach Italien verkauft, und ich forderte meinen Anteil“, erinnerte sich Simmel. „Als Behrmann ohne Rast am Abend zurückfahren wollte, schlug ich ihm vor, in Frankfurt zu übernachten.“

Behrmann, ruhelos wie immer, trat die nächtliche Fahrt an und verunglückte tödlich auf der Autobahn in Österreich. Das war 1958.

Doktor Behrmann und die Bären-Bücher

Hans Behrmann wurde im Dezember 1941 nach einem Verrat verhaftet, weil er Pässe für jüdische Freunde organisiert hatte. Als politischer Gefangener wurde er nach Dachau überstellt, später strafweise nach Mauthausen, wo er sieben Monate der berüchtigten Strafkompanie angehörte.

Im Mai 1945 wurde das KZ Mauthausen von den Amerikanern befreit. Sie betrauten Behrmann mit verschiedenen Aufgaben. Auf Grund seiner journalistischen Erfahrungen vor dem Krieg und weil er politisch nicht belastet war, begann er ab Juni 1945 seine Tätigkeit in der Anzeigen- und Vertriebsabteilung der von der amerikanischen Befreiungsmacht geführten *Oberösterreichischen Nachrichten* in Linz, die in der *Druckerei Wimmer* hergestellt und von der amerikanischen Besatzungsmacht herausgegeben wurden. Dr. Hans Behrmann führte nach Übergabe durch die Besatzungsmacht die *Oberösterreichischen Nachrichten* zusammen mit einem Verlegergremium.

Bären-Bücher

In der Druckerei dieser Tageszeitung stand eine wenig genützte Rotationsmaschine, auf der nur Fahrpläne gedruckt wurden.

Dr. Behrmanns junge Frau Elisabeth, die als Lektorin im Buchverlag der Demokratischen Druck- und Verlagsgesellschaft in Linz tätig war, und Hans Behrmann selbst beschlossen, Taschenbücher zu drucken, von denen auf der Druckmaschine je zwei gleichzeitig gefertigt werden konnten. Das bedeutete, daß die Bücher billig auf den Markt kommen konnten und somit den Start der ersten österreichischen Kriminalserie in Taschenbuchformat der Nachkriegszeit.

Hans Behrmann hatte die Entwicklung deutscher und amerikanischer Reihen-Bücher beobachtet und startete eine massive Werbekampagne, in deren Verlauf Kiosken und Buchgeschäften Drahtgestelle für die Bücher gratis zur Verfügung gestellt wurden, damit dem Leser das Buch „ins Auge springen" konnte.

Nach anfänglich zögernder Aufnahme erfaßte das *Bären-Buch* mit einer Auflage von 20.000 Stück 80% aller Verkaufsstände und 50% des österreichischen Buchhandels bei 7 Mill. Einwohnern.

Die *Bären-Bücher* erschienen auch auf dem deutschen und Schweizer Markt.

J. J. Preyer

J.J. Preyer

Wurde 1948 in Steyr, Österreich, geboren. Nach dem Studium der Germanistik und Anglistik übte er eine Lehrtätigkeit in der Jugend- und Erwachsenenbildung aus. 1976 arbeitete er als Lektor in Großbritannien, gründete zwanzig Jahre später den Oerindur Verlag und gab unter anderem Romane von C. H. Guenter heraus.

J.J. Preyers Buchveröffentlichungen:
„Datura", Novelle, 1996
„Die neun Häupter der Hydra", Kriminalroman, 2004
„Die Chimären des Hieronymus Bosch", Kriminalroman, 2005
„Jene leuchtenden Tage", Naturroman, 2005
Prosabeitrag „Quis ut deus" in der von Erich Hackl herausgegebenen Anthologie „Das Y im Namen dieser Stadt", 2005
„God's Eye", Kriminalroman, 2006

Neues aus
WOLFGANG HOHLBEINS
SCHATTENCHRONIK!
Die auf historischen Hintergründen basierende Geschichte der Vampirin Dilara
WOLFGANG HOHLBEINS SCHATTENCHRONIK
DER SCHATTENKELCH
Alisha Bionda & Jörg Kleudgen
BLITZ
Band 5, ISBN 3-89840-355-6, 9,95 EUR
WOLFGANG HOHLBEINS SCHATTENCHRONIK
CALVIN
Alisha Bionda & S.H.A. Parzzival
BLITZ
Band 6, ISBN 3-89840-356-4, 9,95 EUR
Die Romane der WOLFGANG HOHLBEINS SCHATTENCHRONIK-Serie erhalten Sie im Buchhandel oder direkt über unsere Verlagshomepage:
www.BLITZ-Verlag.de

TITAN
STERNENABENTEUER
- DARK FICTION -
TITAN
STERNENABENTEUER
TRÄNEN MELODIE
S.H.A. Parzzival
BLITZ
ISBN 3-898 40-1 28-6, 9,95 EUR
Die Erde steuert in eine bizarre und grauenvolle Zukunft.
Genmonster, Klimakatastrophen, Ökoterroristen, rätselhafte Morde
und Wirtschaftsgiganten im Kalten Krieg mit der Weltregierung.
Dazwischen Shalyn Shan, Kommandantin des Forschungsraumers TITAN,
die eine geheimnisvolle Vergangenheit aufzuklären hat.
www.BLITZ-Verlag.de